悦读文库

总有一种爱润物无声
ZONGYOU YIZHONG AI RUNWUWUSHENG

葛闪 著

江西教育出版社
JIANGXI EDUCATION PUBLISHING HOUSE

图书在版编目（CIP）数据

总有一种爱润物无声 / 葛闪著. -- 南昌：江西教育出版社，2015.7（2019.7重印）
（悦读文库）
ISBN 978-7-5392-8204-6

Ⅰ.①总… Ⅱ.①葛… Ⅲ.①散文集－中国－当代 Ⅳ.①I267

中国版本图书馆CIP数据核字(2015)第165191号

悦读文库
总有一种爱润物无声
ZONGYOU YIZHONG AI RUNWUWUSHENG
葛闪/著

江西教育出版社出版
（南昌市抚河北路291号 邮编：330008）
各地新华书店经销
日照教科印刷有限公司
710毫米×1000毫米　16开本　13印张　字数165千字
2015年8月第1版　2019年7月第2次印刷　印数10000 册
ISBN 978-7-5392-8204-6
定价：26.00 元

赣教版图书如有印制质量问题，请向我社调换　电话：0791-86710427
投稿邮箱：JXJYCBS@163.com　来稿电话：0791-86705643
网址：http://www.jxeph.com

赣版权登字-02-2015-402
·版权所有　侵权必究·

目 录

第一辑　一双不知疲倦的翅膀

总有一些美好不期而遇/2
11岁的硬汉/4
一双不知疲倦的翅膀/6
80枚果子/8
讲个笑话，你可别哭/10
山乡夜宵/12
你那么小，我那么老/14
请你记住我妈妈的生日/16
谁在屋里扶着门/17
父爱从不曾卑微/18
站在世界最高处的孩子/20
好好生活，天天向上/24
千里之外/29
树这么高，爱那么深/31
善良是世间最大的财富/33
母亲的诗/34
慈姑，慈姑/36
就这样光荣地老去/39

第二辑　总有一种爱润物无声

美好那么疼/42
没有一个秘密能逃过爱的眼睛/44
满地都是爱/47
一步脚印，万里天涯/48
只认识你的名字/50
妈妈知道我在这里/52
不坐飞机的秘密/55
因为爱，所以无需结果/56
旧爱归来/59
遇见青春遇见你/63
总有一种爱润物无声/67
唯对亲情不能视若无睹/68
我庆幸，我哭过/70
我的暖，一寸长/72
那些思念的划痕/74
肥肉和瘦肉/76
一滴泪的距离有多远/78
生死一条线/81
月光下的菩提/85
不朽/87

第三辑　永远和你在一起

那些他从未参与的繁华/90
这个冬天不太冷/91
总有人珍藏你的善意/95
风雪夜归人/97

篮子里的月亮/99
你拥美景，她有花期/100
躲避风，不如迎击风/102
没有一种困难能阻碍爱的步伐/103
有些爱，无法重来/106
衣服下面的忧伤/109
我是哥，你是弟/111
老屋是故乡的胎记/114
母爱之心不丑陋/117
爱你，就至死不渝地守望/118
永远和你在一起/121
躲进深山里的爱/124
亲情不可以智能/126
名片上的"真经"/128
能不能对我说一声"谢谢"/129
墙上良心/131
我想静静看着你/133

第四辑　我曾与世界温暖相拥

永不求救/136
我曾与世界温暖相拥/138
上香/141
你也曾照亮世界/142
那个为你担惊受怕的人/145
西瓜只应夏天有/147
只在背后掉眼泪/149
他像是个孩子/150
还有谁像你这样傻傻地爱着我/152

4平方米的幸福/154
爱情专线/155
半世浓情半世凉/157
梨花锦盒藏相思/160
命有终时，爱却无涯/162
大魔术师/164
用心良苦的爱/166
最好的新年礼物/167
祝你不要一路顺风/169
请从她的世界路过/171

第五辑　你是我的命

吉尔斯太太的秘密/176
他的内心，依然明媚如初/179
今生难忘的年夜饭/181
借一段阳光温暖她的臂弯/182
一年365个电话/185
怎能忘却你的爱/186
送你一场风花雪月/189
对爱小声说说话/191
你是我的命/192
轻挥长袖，逐梦天涯/194
我不是厨房女神/196
活在心底的悲悯/198
浸润月光的灵魂/199

后记/201

第一辑

一双不知疲倦的翅膀

总有一些美好不期而遇

小区门口有个补鞋的老者，头发被风霜染得花白，脸上满是被岁月的犁铧耕耘出的千沟万壑，年轻时还折了一条腿。老者虽身残，却心善，坚持良心做人，修补一双鞋只收两元钱。小区里的人看他可怜，也都极为照顾他。

上月的一天，我看到一个染着黄发的小伙子，把自己的运动鞋送给他补。无论老人怎么尽心尽力，他却总是嫌老人补得不好，不停地让老人返工。我站在旁边实在气愤不过，张口欲为老者抱不平，但老者仿佛看出我的心思，用一个温暖的眼神阻止了我。就这样，老者反反复复为小伙子修补了好几次。小伙子这才心满意足，丢下了10元钱，说："反反复复补了这么多次，10元钱就不找了。"说完，便吹着口哨离开了。

小伙子转身离开的时候，轻轻拍了下我的肩膀，给了我一个狡黠的眼神。我突然明白，他是故意找借口来帮助补鞋的老者。这样，既能帮助老者于无形，又能维护老者的尊严。瞬间，小区门口凋零的树木，好像也突然桃红柳绿了。

前不久吃早餐时，我被邻桌的一对母女吸引住了。她们雍容华贵的穿着，优雅的吃态，着实让人感觉眼前一亮。

那个20岁上下的女孩放下筷子，向早已吃完的母亲娇声说："妈，我饱了，剩下的三个包子我不吃了。"母亲点着她的额头，笑嗔她是个败家女，示意她打包带走。女孩却表示，区区几个包子，不值得打包。

母亲笑了："刚才你还拼命喊饿，现在又说吃饱了。以前你说我花钱

大手大脚，你看现在你也开始败家了。"

母女优雅地离开了餐厅，出门时，女孩回头望向刚才吃饭的地方，眼神里满是暖意。那里，餐厅里一个衣着褴褛的颇像拾荒者的老太太，迅速地把三个小笼包当作珍宝似的放进碗里。我这才明白了女孩的良苦用心。

也是瞬间，在这个极冷的早晨，我的心一片明媚，春暖花开。

我有一个朋友在参加大学毕业后的十年同学聚会之前，心里颇有踌躇。毕业后，朋友混得一直都不好，经济上很是拮据。而现在的同学聚会，据说都变成了炫富会，所以囊中羞涩且极好面子的朋友，是羞于参加的。但是，他没禁得住同学们煽情话语的诱惑，最终还是去了。

聚会的饭店不是星级酒店，只是城区逼仄处一小饭馆。和他一样，参加聚会的同学有的是骑摩托、电动车来的，有的是打车来的。所有的人，并没有啥穿金戴银的土豪。有个同学很萌，居然把读大学时的校服给穿了过来。一下子，气氛变得无比和谐融洽，大家杯来盏去，好不热闹！

朋友也是聚会后的第三个月才知道：其实，很多身家百万、千万的同学，那天是刻意没开车来的；很多爱美的女同学，将自己心爱的头饰、项链、耳环，在那一天悄悄地摘了下来；而一开始大家选择的五星级酒店，也是因为他的境遇，而临时换成了普通的小饭馆。

朋友说，当他得知实情后，眼泪立马噼里啪啦掉了下来。不为别的，只为同学们用心良苦的善良。

去年夏夜，我和看护桃园的三叔公聊天，突然听到窸窸窣窣声。我马上提醒三叔公，肯定是偷桃的偷儿，并操起了一根木棍。

"不，"三叔公阻止住我，"现在生活好了，谁还缺一口桃子吃？这么晚偷桃子的，无非是几个小淘气罢了。你要是猛地过去了，孩子们一慌，万一从桃树上给摔下来怎么办？随他们吧。"三叔公眉眼里爬满的都是慈祥。

那一晚，我觉得整个天与地间都是那么美好。

我一直认为，人活一世，也许或多或少会遇到诸多苦难的字眼，但这个尘世里，同样也总有一些美好存在于某个角落里，宛如朵朵阳光，总会于一个明媚的日子里，和你不期而遇。

11岁的硬汉

我们培训的地方，位于大鸭山的腹地。山的左面，是当地的唯一的小学，名字叫白马小学。山的右面，是风景最为优美纯粹的藏族部落，也有一个好听的名字：月牙湾。

我们在大鸭山初遇巴瓦，是在夕阳西坠的暮色里。彼时，11岁的巴瓦背着书包，正从半山腰中往山顶攀爬。见了我们的装束明显不是本地人，他亦饶有兴趣地和我们攀谈起来，碰巧的是，巴瓦的家正在月牙湾。巴瓦的见识颇多，藏族的风土人情、地貌特产等，他都如数家珍，小脸蛋上的一抹高原红闪耀出他的睿智机灵。

我们感谢他的热情，便将随身带的零食给了他一点。巴瓦也不拒绝，接了过去只是拿在手里并不拆开。他说，他得带回家给他的母亲吃。巴瓦说，他的父亲在他出生不久就因为采药坠崖而死，留下他和母亲相依为命。母亲体弱多病，做不了什么重活，都是靠编织篓筐出售来养活这个家。他小，不能为家里分担什么，能把这好吃的带回家给母亲吃，想必母亲一定会很高兴吧。巴瓦说话的时候，小鼻子通红，眸子里都洋溢着兴奋。

我们为巴瓦的懂事孝顺而感动，又往他手里塞了点东西。当我们得知巴瓦就在白马小学读书的时候，我们突然很奇怪。因为白马小学和月牙湾都位于山脚，两地之间因为旅游开发，早就铺设了并不需要翻山越岭的水泥路。面对我们的疑问，巴瓦告诉我们，其实他从上个月开始，

第一辑
一双不知疲倦的翅膀

每一天放学的时候就放弃了从水泥路回家,而都选择了翻山回家。

我们看着逶迤崎岖的山路、高高的山峰,心想走到月牙湾至少也要一个小时吧。而如果走山下的水泥路,也就是15分钟左右的工夫。我们笑巴瓦玩心重,这山上一定有很多新奇有趣的事情,譬如可爱的小动物、奇异的花草……巴瓦面色一正,告诉我们并非如此,说他只是想锻炼锻炼身体和腿上的力度,为两年后上初中做准备。

我们一愣,两年后上初中和现在的翻越山路锻炼腿劲有关系吗?我们并不信巴瓦的话,觉得他还是被我们识破了他的小把戏,故意找了不着边际的托词来搪塞我们。我们笑笑,也不去拆穿他的谎言。

他看出我们的心思,一下急了,两腮的高原红更加通透,忙着跟我们解释,说山里的孩子绝对不撒谎。我们看他急了,便收起笑容,聆听他的解释。

巴瓦说,两年后他就要上初中了。初中学校在仁巴县城里,距离这里足足20公里远。据说,学校是寄宿制学校,两个星期才放一次假。因为路途遥远,巴瓦想现在锻炼锻炼,到时候放假的时候,他就可以游刃有余地再从仁巴翻山而回到月牙湾了。他得现在好好锻炼一下走山路,将来从仁巴到月牙湾的山路走起来也就不会太累。

我们问他这么做的缘故——因为仁巴县城往月牙湾,也是有坦途可行,且有车可通的。

巴瓦腼腆地笑了笑,不停地搓着双手,过了一会才从嘴里挤出几个字:"从仁巴到家里,坐车来回要九块钱的车费呢。一年下来,算算得近两百元呢。"

我们的心蓦地一软:这个可爱懂事的孩子,宁愿在难行的山路上艰难前行,也不愿意坐车而返,原来就是为了节省下来回9块钱的车费。

我们在为巴瓦而感到心酸感动的同时,突然心里也有个疑问:为了节省车费,与其翻越山岭步行而回,那不如直接从仁巴到月牙湾的公路上步行而回了。同样是步行,公路最起码比山路要好走得多了吧,而且也要安全得多。

巴瓦连连摇头，说："那不行。要是从公路上走，肯定很多同学都会看见。那样，就瞒不住母亲啦。母亲要是知道我每次都是步行回来，她会心疼的啦……"巴瓦看我们静默不语，便又补充说道，"再说了，我现在锻炼好了，将来走山路也就脚下有劲，回家也可以快一点，就能帮母亲多做点家务啦。要是走水泥路，永远也锻炼不出脚上的功夫。"巴瓦嘟哝了最后一句，我们的心里却哗哗啦啦下起了小雨。

巴瓦要是不言不语，任是我们的想象力再怎么丰富，也想不到一个11岁的男孩舍弃坦途而选择在山路上艰难前行的背后，居然隐藏着这么一个动人的想法。孩子的内心世界里，那些单纯而又美丽的童话，每一个都因了一份沉沉的爱，而永远美好得让人心疼。

巴瓦走的时候，再度对我们给他的礼物表示感谢。他一一向我们鞠躬，对每个人都诚挚地说了声"谢谢"，然后才转身离开。他一边走，一边向我们挥手。我们看到，这个年仅11岁的孩子，在暮色四合的山野中，宛如世间最铿锵伟岸的硬汉，每落一脚、每踩一步都落地有声！

一双不知疲倦的翅膀

我认识的人中，有五个在北京工作过。起初，他们和很多北漂者一样，都带着一双梦想的翅膀，信心满怀地飞向繁华的北京。但同时，又和很多北漂者的结局一样，大多数都铩羽而归。

朋友小羽是五个人中第一个去北京的，在一家网络公司任职，有着3000元的月薪，且吃住都由公司承担，每个月还有500元的交通补助费。

我的一个同事彭灵，感叹教师薪资低薄，生活枯燥，不顾亲朋劝说，

毅然辞去了教师这个外人看来的铁饭碗，最终将自己的创业地选择在了北京。她凭借出色的英语水平，在北京找到了一家外贸公司，在里面担任外贸翻译。虽然公司只提供住宿，不提供伙食，但冲着最低5000元月薪的基础工资，她还是很乐意接受这份工作。

第三个人，是邻居小李，23岁，人高马大，凭着年轻人的孔武有力，在北京的建筑工地上做一名模板工人。虽然饱受风吹日晒和城里人对务工者的不屑，但用他的话说，平均一天有100元的收入，一个月下来也有3000元的工资，总比待在老家那些一月一千多块钱的私人小厂里要强得多吧。而且，工地上管吃管住，尽管食宿的条件不怎么好。

第四个人，是一个远方亲戚，年龄也不大，30岁左右，在北京一家厂里当保安队伍的头头。因为是当兵出身，且工作卖力负责，仅仅干了1年，就从一名普通的保安员成为头头，工资也由当初的2000元上涨到4000元，整整翻了一番。

最后一个，我叫她王嫂。王嫂50多岁的年龄，头发花白，体虚力弱，在熟人的介绍下，在北京一家公司当保洁员。我认识的五个在北京工作的人之中，她的工资最低，仅仅1800元，而且公司不包吃住。王嫂在郊区租了一间地下室，人家看她不容易，收她一个月300元的房租。

我想说的是，上面五个人中，有四个人并没在北京待多久，最长的是彭灵，也就坚持了四年便回到了家乡。他们中，最低的工资也都在3000元以上，但他们几年下来，却没什么积蓄。即便工资最高的彭灵，在北京干了四年，也只留下了不到三万元的积蓄。他们被北京的高消费所困扰着，经常抱怨：一年四个季节总得每季添些新衣裳吧，看着城里的好东西，即使再吝惜，也要挑上若干件吧。不能总是工作，每个月的聚餐总得出一份子，朋友生日也要送上一份红包。手机话费、打的费、水电费，等等，哪样不要钱。他们终于明白，北漂的梦想翅膀，并不会因为他们的信心满怀而愈发有力坚强。很多时候，无情的现实很轻易就能将他们的梦想击碎。

即使如此，奇怪的是唯独王嫂在北京长久地工作了下来。而且，每年竟然能给家里带来近两万元的收入。

我所在的当地，很多北漂过的年轻人对王嫂很惊讶，惊讶于她一个50多岁的人，没有学历，也没太大的能力，月薪只有1800元，居然也能在北京这个现代大都市里生存下去，且五年还能积攒近十万块钱。

很少有人知道，王嫂在北京从开始到现在，没用过手机，没给自己的胃好好犒劳过，从没乘过出租车，没给自己添过一件新衣裳。生活中电是必须用的，但地下室里那一盏昏黄的灯光，一年的电费也没超100元钱。王嫂最奢侈的，也就是一个破旧的收音机，伴她度过一个又一个寂寞的夜晚。

王嫂，现年55岁，也是我家乡的邻居。因为儿子谈了很多对象，都因为女方要求必须在家乡小城买房而屡屡告吹。无奈，30岁就丧夫的她不得不背井离乡，远赴北京打工，她唯一的梦想，就是希望能攒些钱，能为儿子买房出些力。

姑且算她也是一个北漂者吧。但不同的是，因为爱，她和很多北漂者不一样：她那双梦想的翅膀，虽然沧桑老去，孱弱无力，但因了一份沉甸甸的母爱，而从不知疲倦。

80枚果子

他跪在老母亲面前，吐露了想要出去闯一闯的心声，又向母亲道了声"春节时一定回家"的话之后，便决绝地挥挥手，头也不回地走出家门。

连番的奔波后，他在距离家乡千里之遥的山区找到一份生计——矿下作业。虽然工作苦、累，但还算心善的老板和不菲的工资，以及那些善良的工友却让他苦中有乐。

一天，矿上放假，独自跑到山上透透气的他，无意中发现了一些血红色的果子。这些野果，在如此寒冷的冬季里竟也油亮亮、红火火，让他忍不住摘了一个。一嚼，满口生津、齿颊留芳。于是，他狠狠地摘了满满两裤袋。

回到工棚，他悄悄地数了数，有92枚果子。他把其中的80枚放在了包裹中。距离新年还有几天，他本可以亲自带着那些果实回家，但他一是怕时间久了果子会被风干，二是实在想让母亲提前感受到他的孝心。因此，他求了老板，用快递把包裹寄往他的家里。家乡没有电话，他在包裹里又付了一封信，嘱托家里邻旁的大姐把这些果实带给他的母亲。信写毕，他感觉母亲仿佛就在眼前，吃着野果，满脸洋溢着幸福。

留下的12枚，他是打算分给同住的12位工友的。就在他准备回家的前一晚，他拿出了留下的那些连自己都舍不得吃的野果。正准备要分发给对他一直很好的工友们时，一个在这地方土生土长的工友却如临大敌地告诉他，这果子虽然漂亮，却是有毒的！还说幸亏他吃得少，要是贪了嘴，那后果可就真的不堪设想了。

愣了半天的他，抓起行李，疯了一样地冲进了风雪中。他连夜买了火车票，坐上了开往家乡的火车。一路上，他的心，如一阵一阵的刀绞。他不敢想象，那80枚果子会给老母亲带来怎样的灾难……

傍晚时到了县城，家乡也下了大雪。更让他心急如焚的是，通往自己家的那段路，因为风雪太大，根本通不了车。他呆了一下，突然就发疯似的在风雪中疾奔起来。再冷的风，再大的雪，对他来说，现在也成了无关紧要的事。就这样，他一路跑去，鞋子掉了都没顾得上回头去捡。

一直到了深夜，他终于跑到了家，气喘吁吁地推开房门，却发现母亲正坐在桌旁。桌上，正放着一盘鲜红的果子。听到响动，老母揉揉眼睛，看到了眼前的他，然后翕动着有点干燥起皮的嘴唇："儿啊，你……娘终于等到你回来了。你的脚……"她心疼地看着儿子那双满是泥雪的脚。

他顾不上解释，急忙问："娘，这些果子，您吃了吗？"

"哪能呢！这么好看的果子一定很贵吧？娘知道你孝顺，一定连自己都舍不得吃一个就全给娘了，娘等着你，等你回来，咱娘俩一起吃啊……"

"娘啊！"他不等母亲把话说完，就一把抱住母亲，把头深深地埋在母亲的怀中。

讲个笑话，你可别哭

母亲给远在南方的他打了个电话，说要给他说个笑话。他在电话一端还暗笑，母亲一生不苟言笑，从未听她说过什么笑话。母亲在电话里支吾说，她想买个智能手机，听说有个叫手机淘宝的东西，在手机上就能购物。他这才明白，原来这个小小的愿望，居然就是老母亲口中所说的笑话——也是，身在农村的老母亲，今日陡然喜欢上年轻人的购物方式，她确实担心遭人笑话。

挂了电话，他万分高兴——素来怕打扰他工作的母亲，从未对他提出过任何要求，今日难得有这么个小小愿望，这自然是很值得庆幸的事。他请了假，专门注册了一个网购账号，并挑了一个精致实用的智能手机，次日便开车奔赴千里之外的老家。

他花了一整天的时间，终于教会了母亲熟练操作淘宝购物。他还开玩笑说，母亲不愧是教师出身，学啥都快。他还撒了一个谎给母亲，说自己的账号是公司奖励的福利，里面的钱足够她购物的。看到母亲乐呵呵地笑了，他又陪母亲吃了几顿饭，陪母亲说了一夜话，翌日下午才又驾车奔赴千里之外的南方。

他经常给母亲电话，问母亲都买了些啥，用了感觉怎么样，有没有买到过假冒伪劣商品等。母亲每次都说还好，网上的东西质量挺好的，用得也挺舒心。他在电话一端，分明能感觉到母亲话音里的欣喜，而他，内心也自然是万分欣喜的。

这个世间，能有什么事能比看到母亲高兴还值得欣喜的呢？

年底的时候，他带着大包小包的礼物，还有他新结识且即将谈婚论嫁的女朋友回乡。车子刚到村口，他便下车向在村头闲聊的父老乡亲们致以问候，且拿出从城里带回的礼物分发给大家。

大家你一言，我一语，直夸他孝顺，夸得他心头是一阵又一阵的悸动和愧疚——自从四年前大学毕业，他就因为生计而一直在南方奔波。创业的初期，劳碌异常的他常常一年都很难回家一次，甚至有时候春节都因为加班而难以返乡。而对于独自在老家的母亲，他只能将挂念更多地通过电话这种方式来实现。此时乡亲们对他的交口称赞，怎能不让他感到万分羞愧？

羞愧之下，他连连摆手，说自己因为这几年创业在外，很少照顾到母亲，所谓的孝顺实在受之有愧。村头开小商店的赵大爷笑呵呵地说，你经常买吃的穿的用的寄给你母亲，这些我们都是看在眼里的。他又否认，说自己从没寄过东西给母亲。赵大爷说他不愧是城里人，很有素质，就连孝顺都这么低调。但是赵大爷还说，镇上的快递到村里就数到他家最多，他母亲隔三岔五就能收到个快递包裹，送快递的都早就和他的母亲熟络了。

村里人特羡慕老太太，因为每次提及此事，老太太总是一脸幸福。老太太说，儿子最孝顺，人在千里之外，却时刻惦记家中的老母亲。天热天冷的，都有着个念想。吃的那些食品，穿的那些衣服，用的那些器具，都是儿子的一番孝心化成的。特别是有一次，老太太穿着名牌羽绒服在村里逛的时候，当提及这件羽绒服的价格近两千元时，把村里人羡慕得是连吐舌头，直夸她的儿子是个大孝子。

他的心像被刀剜一样地痛，慌忙拉着女友上车，朝那个叫作家的方向前进。他终于醒悟，怪不得一年前母亲会突然生出要网上购物的想法，原来一切都是为了他呀。

回到家里，他跳下车，就窜进屋里，一把搂住老母亲，紧紧地不肯放手，猛然号哭出声："妈……儿明年就回家创业！"

他把母亲这么大年纪还要学习网上购物的"笑话"，讲给女朋友听，讲给很多人听过。每一次讲之前，他都会说："我讲个笑话给你听，你可别哭啊。"但是，听他讲过这个"笑话"的人，没有不潸然泪下的。

山乡夜宵

我到贵州这所山村小学支教，尽管早已有心理准备，但还是被眼前的景象惊呆了。

破败的教室，墙漆被岁月剥落了一块又一块，露出斑驳的皮肤。黑板果真如我在电影上看到的那样，是用黑炭灰打底的一面墙。课桌和凳子也都是缺胳膊少腿的，支离破碎。唯一值得一提的像模像样的是粉笔，校长说，都是山外面的人捐赠的。

我过惯了城市里现代化的日子，但也并不厌弃山村小学这种枯燥乏味的生活。那些脸庞上布满尘埃、衣衫褴褛的孩子，面对新知识时的表情，真的让人心疼。当然，他们是孩子。孩子最亮最美的眼神，永远都不是体现在书本上，而是在我给他们讲城市里的所见所闻时。尽管，他们对"城市"这两个字并没有什么概念。

我给他们讲城里的飞机场、高铁、巴士，给他们讲慈祥的山姆大叔，还有各种各样的美食。孩子们听得很认真，在消除了前几天和我初见时的

生疏之后，便叽叽喳喳地和我热闹了起来，问这问那。

一天，当我讲起了城市里的夜生活，提到"夜宵"两个字时，绝大部分孩子都感觉很新奇。毕竟，夜宵属于正餐之外的第四顿饭，对于贫困的山村来说，能保证一日三餐就已很不错了。只有坐在最南面的男孩落落显得不屑一顾，还把小嘴撇得差点到了耳旁。

我笑问他："落落，你吃过夜宵？"

"夜宵有啥奇怪的，我们家几乎每夜都吃。"落落鼓起了可爱的腮帮子，"只不过，不叫'夜宵'而已。"

"那叫什么？"我走近他，轻轻地抚摸着他的头。

"饭呀，就叫饭呗。"落落扬起可爱的小脸。

落落告诉我们，他的父母都在山上的煤矿里，一天只在家吃一顿早饭。然后，一直到夜里12点左右出了井才回家。夜里到家，劳累了一天的父母，便会叫醒落落，一家三口开始吃晚餐。

我问落落，那中饭怎么办？落落说，早饭吃得多一点，中饭就省了一顿。

我心疼他，柔声问："晚饭到夜里才吃，难道不饿吗？"

"饿！我会先就点馒头和白开水垫垫肚子，但夜里的饭是必须吃的，再困也要吃。"

落落歪着脖子继续补充道："爸爸说了，一家人，每天都要在一起吃一顿饭，这才叫一家人。"

尽管落落说得很含糊，但我也不必了解其中的详情，便能猜到内情。我心里佩服落落的父母，哪怕是再苦再累，每天也要和孩子在一起吃顿饭。这，才叫家。我可以看到，他们一家三口一起的时候，黑夜也会因了这份温馨，而羞怯地躲上几分，有月的时候，月色也会因了这份暖，而多了几分温柔。落落的父母，实在可以称得上是一对睿智的父母。

我在城里时，一天三餐，几乎都是在外面吃的。至于家的概念，有时会放大许多，诸如为父母买新衣裳，给他们置办寿宴，带他们去旅游，却很少将普通的一日三餐与亲情联系起来。

记得一篇文章里写过,有没有一顿饭让你泪流满面?我想,山村里的落落家的"夜宵",已经做到了这点。我甚至认定,落落家的"夜宵",定然是很香很香的吧。

你那么小,我那么老

那天清晨,我和新来的同事站在单位的五楼闲聊,突然无意瞥到远处的一个身影。

那是一个瘦削的女人的身影,身着一袭白色工作服,在路边的绿化带旁漫步着,不时抬抬腿,抖抖肩膀,趁着晨曦在微光中锻炼。

尽管距离有点远,甚至有一点点薄薄的雾气,但这个对于我来说再熟悉不过的镌刻着血浓于水的身影,我还是能够辨识得出的。"那是我的母亲,她在晨练!"我指着那个瘦削的身影对同事说。

母亲跟我在一个单位,不同的是我在前勤的教师岗位上,而她,在后勤餐厅做了一名普通的工人。她平时沉默寡言,但是心地善良,为人亲切朴实,所以时间久了,大家也就都和她很熟悉,看见她都得亲切地叫声"宋大姐"。

新来的同事也认识我母亲,但暂时还谈不上熟悉,听了我的话,他只是粗略一看便说:"那不是你母亲。"

我讶然,我自己的母亲我还能不认识,我难道还不比你熟悉她?况且,一大清早就在学校旁边晨练,而且身穿白色工作服,不是她是谁?

我正待准备驳他时,那个瘦削的身影已经移动到学校正门,距离我的视线也近了许多,原来模糊的面庞业已变得逐渐清晰。同事说得一点都

没错，真的不是我的母亲，只是身形极为相似而已。我惊讶于同事的眼光——毕竟，我起先是经过一番辨识断定她是我母亲，而他只是粗枝大叶地瞧了一眼就可以断定不是我母亲。而更重要的是，我和母亲是血浓于水的关系，他不然。

同事瞧出我的疑惑，淡淡一笑说："伯母那么大年纪了，你看过手脚像那个女人锻炼时那么灵便吗？"

一语惊醒梦中人！是呀，母亲年届60了，且从小劳苦，一生辛勤，经常这里痛呀，那里痛的。若不是她闲不住硬缠着我找份工作，我是万般也不会答应她到学校来的。同事说得没错，她老了，又怎能像那个晨练中的女人那般动作灵便？更何况，她那么忙碌，又何曾去外出晨练过？我羞愧万分，母亲那么老，我才30出头，却依旧用自己年轻的目光去审视衰老的她，竟不如刚来的同事"慧眼识人"。

想起三年前的春天，我刚在县城买房时，带着母亲到新房参观。在过斑马线时，很少进城的母亲，在面对来往的行人和车流时，似乎显得那么无助，竟然茫然不知所措。单薄的身影，在丰腴的春日里都显得那么孱弱。我牵住母亲的手，欲带她穿过马路，行至路中间，母亲突然一把将手反过来，紧紧扣住我的手，带着我穿过了后半截路。刚走过去，她显得有点不好意思，轻轻地对我说，你那么小，我这么老，还是我牵着你走好。小时候，不也是这样吗？

母亲说完，我当时便差点落下眼泪。彼时，我正好30岁，但在她眼中，我还是多少年前的孩子。孩子就是孩子，无论多大了，在母亲眼中，永远是那个亲爱的小孩。

前事想到今事，心头的愧疚宛如泛滥的潮水，迅速涨满了整个心房。"你那么小，我那么老"，这不仅是母亲一个人的话语，更是天下所有母亲最简朴的箴言。

请你记住我妈妈的生日

他躺在病床上一动不动，只是眼巴巴地望着头顶白色的天花板。浑身的疼痛，已经使他再也没有力气做丝毫的动作了，每天的饭食都无力吞咽下去，最多只是喝一小碗面水。

2002年，他被确诊患了脊索瘤。随后，他在广东的一家医院做了手术。2006年，他的病情复发，开始严重恶化。他又做了第二次手术，再次逃脱了死神的魔掌。2007年6月的一天，他在家里忽然昏倒在地。这次，经专家再度检查确诊，发现他患的脊索瘤距离脑干只有2毫米，这么严重的病情已经无法再手术。

为了给他治病，家里已经欠下很多债务，这成了他心头一块沉甸甸的大石头。当得知自己的病情无法医治时，他的面容上竟然浮起了些笑意。他想，这样的结果，对自己、对家人来说，或许都是一种解脱吧。那么在最后这有限的日子里，应该再为这个世界做些什么呢？

对，把我的眼角膜捐献出去！他向家人说出了自己的想法，也得到了家人的支持。不久，在表哥的帮助下，他与深圳眼库取得了联系。

当地的记者闻讯而来，蜂拥挤进了狭小的病居里。"我不行了，只想尽自己最后的力量，帮助别人吧。"瘦弱不堪的他回答了记者们的提问。

"除此之外，你还有别的愿望吗？"一名记者问。"有！"他肯定地说，"母亲把我辛辛苦苦地养大，现在又为我的病东奔西走，受尽煎熬，我却一直没有机会回报她。我只有一个愿望，那就是希望接受捐献者能记住我母亲的生日，并在那一天，为她送去祝福。因为没有母亲就没有我，更没有我今天的捐献。"说着，他的泪水簌簌落了下来。

他叫张海涛，35岁，河南省平顶山市汴城村人。他用人生最后的心愿，感动了世界。

第一辑
一双不知疲倦的翅膀

谁在屋里扶着门

甘肃的一次画展上，我的脚步被拐角处的一幅油彩画吸引住了。

一个面庞上被岁月的犁铧耕耘得满是沧桑的老人，斜倚在门上，孤独落寞的眼神，带着热切而充满盼望的色彩，仿佛要透过纸张和油彩张望到极远处，甚至直达人的内心深处。我还看到，在夕阳的余晖下，老太太的身影被拉得很长很长，长过岁月年轮翻滚过的行程，长过所有游子跋涉过的山水，也长过世间一切情感连接的总和。

我料想，她的眼神，笃定是思念儿女的眼神。果不其然，视线移到画幅的右下角，画作的名称果然是——盼儿。心里一动，突然想到了母亲。

我读高中时，是在离家40公里的县城里，每月底才回家一次。而每次，母亲总是在村口等我。我至今都记得，站在村口的母亲，在春天像是一朵静静的玉兰，夏天是空谷里的幽兰，秋季则仿似淡淡的菊，冬天里便如坚强的松柏，不急不躁地，不温不火地，就那么安稳地守候着我的身影。看到我的身影出现，便疾步朝我迎来，帮我拿过书包，便拉住我的手嘘寒问暖。我亦打趣母亲是一个魔法师，每次都能那么掐准时间——总是在我到村口的前10分钟左右，她亦会到达。后来才知道，她哪有这种能掐会算的能力呢？因为县城的班车时间不固定，她便每次都是从中午，一直等到日暮。

后来我读大学和工作时，都在南方的城市里生活，一年也就回家两三次。第一次从南方回家时，母亲依然在村口等着我。还没待我开口，她便拉着我的手，一脸歉意地说，儿呀，妈找不着县城的路，也舍不得花去县城坐车的钱，所以没能去车站接你，你可别怪我呀！秋风瑟瑟里，母亲额头上的几缕头发，被风撕扯得凌乱了。她说这话时，态度真诚得宛如一个孩子，那种虔诚的语气和秋风里的乱发，都将我的心硌得生疼。

几年前的一次，我从南方决定回家乡工作，当我带着大包小包的行李出现在村口时，却意外地没看到母亲的身影。直至回到家门口，才看见头发已被风霜染白了一半的母亲，孤独地斜倚在门框旁，呆呆地望着外面，看到我才惊喜地叫出声来。只是身躯动了动，脚步移了移，却始终没迈出屋。母亲告诉我，老了，身体越发不好了，腿脚上的老毛病又犯了，所以才没去村口等我。那种充满歉意的语气，一如从前，直将我的泪水，逼得稀里哗啦地落了个满地。

母亲，这个根本不需要对儿女有任何歉意的人，却一而再、再而三地对儿女表示歉疚自责。其实，真正需要表达歉意的，应该是我们这些儿女呀。

三年前，我在县城买了房，娶妻生子。母亲第一次来之前，电话里说她10点动身，估计中午会到。算着时间还早，我和妻便安稳地在客厅边看电视边等候母亲。门铃响的时候，我迅速起身开门，将母亲迎进屋内。现在想来，那段时间里，我们为母亲准备的几顿丰盛的饭菜，为她精心挑选的衣服和食品，却在我们没有亲自迎接她的"不孝行为"的对比下，而显得那么卑微和羞怯。

从甘肃回到家里，提到这幅画，妻子奇怪地问我，怎么没看到画作名称前，就能断定画中老太太的眼神是盼望儿女的眼神。我告诉妻子，世间没有哪种眼神及得上母亲念儿的真切，没有哪种眼神比得上母亲盼儿的炽热。

这个世间，能有几个宁愿在屋里扶着门等着亲人归来也不愿坐下守候的？除了母亲，我很难想到别的答案。我也知道，那幅画，不仅画出了天下母亲的伟大、世间母爱的夺目，也画出了天下儿女们的羞愧。

父爱从不曾卑微

见过一个城市流浪者，是在小城最繁华的商业中心。他蜷缩在被繁

华冷却了的一隅里，满脸沧桑、胡茬丛生，蜷缩着一条腿，瘫坐在地上。面前，是一个缺了口的蓝边碗，里面零零散散地躺着一些硬币。除此而外，和很多城市乞讨者一样，他身前的地面上，也铺有一张叙说凄惨遭遇的纸张。

又是一个可怜的城市流浪者！我不自觉地将脚步挪向他，从钱包里拿出了一张10元面额的纸币，蹲下身子，本想将钱放在他面前的蓝边碗里，又怕一不留神被风给吹走了，于是就轻轻塞到他的手中，轻声说："兄弟，拿好了。"

他突然怔住了，就那么呆呆地望着我，满脸惊异。良久，才伸出那双被沧桑描摹得枯黑的手，接过我手中的10元钱，又紧紧握住我的双手，沙哑着嗓子向我道了声谢谢。

或许，他面前的蓝边碗里，很少像今天这样有过10元面额的钱币；抑或，很少有人蹲下身子，将钱轻轻放到他的手中。要不然，他沙哑的声线里，怎会有明显的哽咽的味道？

我点了点头，刚想缩回手站起来离开，却发现他仍然紧握住我的双手，眼神里倏地溢着乞求的色彩，轻声对我说："大哥，求你件事好吗？"说完，他将手指向不远处，一个倚靠在商场墙角的正在看书的小男孩，"那是我儿子，早就辍学了，但这孩子不省心，还是喜欢看书。"

"你是想我买本书给孩子看看？"我自认为读懂了他的心思。

"不不不，"他不断地摆着双手，"哪敢呢，俺不敢麻烦大哥您。俺就是想，等会儿我把孩子叫到我身边看书，然后您能再把刚才叫我'兄弟'的那句话，再当着他的面说一遍吗？"说完，又将10元钱塞到了我的手里。

这下，轮到我犯糊涂了。他看出了我的不解，连忙向我解释了起来。

他说他在好几个城市都流浪过，每天收获的除了微薄的施舍，更多的是城里人对他的白眼和鄙视，甚至是辱骂。不管如何，他从来都没落过一滴泪，因为这些，他都能撑住。更因为，他不想让儿子看到他的伤痛。然而，他撑不住的是，在他决定带着孩子流浪之前，就和儿子说过，这个世界好人很多，温暖很多。然而，无情的现实，却总是让儿子被城里人的冷漠包围着。他不想让儿子幼小的心灵里，早早就种下冷酷的种子。他更想的是，让儿子幼小且冰冷的内心里，能有阳光照进，能有温暖慰藉。

他说完时，我的鼻端酸酸的，立马就点了点头，起身暂时离开。

当我看着他将儿子叫唤过来时，就装作不经意地经过，然后又装着看了看他们身前叙说遭遇的纸张，从钱包里抽出了张面额50的纸币，塞到了他枯黑的手中，郑重地对他说："兄弟，拿好了。"

这次，是我紧紧地攥住了他的双手。临走的时候，我还亲昵地摸了摸他儿子的头。

当我的身影快要从他的视线里消失时，我回头一望，看见他和儿子在说着什么。他的儿子，一边听，一边不时地点头。那张微黑且满是灰尘的小脸上，溢满了笑容，像是暖暖的阳光，有着甜甜的味道。

我知道，这个叫作父亲的城市流浪者，在生活和现实的逼迫下，即使再贫困，因了一份爱，亦不会掉下一滴眼泪；即使再卑微，亦因了一份爱，变得高如山岳，重胜千钧。

站在世界最高处的孩子

尽管淘淘在极力掩饰自己，但由他那颗9岁的稚嫩心灵撒出的谎言，又怎能瞒过我的眼睛。我仍然是耐住性子，轻轻摩挲着他那红了的半边脸，柔声问他："告诉老师，你的脸到底是怎么回事？"

淘淘再也撑不住了，眼泪啪嗒啪嗒像断了线的珍珠簌簌落下。半晌，才弱弱地望了我一眼，轻声回答说："爸爸打的。"

第一辑
一双不知疲倦的翅膀

简单的四个字,却猛地将我的心硌得生疼——淘淘这样一个幼小且懂事得让全校师生称赞的孩子,居然也会有人忍心打他?而且,打他的不是别人,竟然是他的爸爸。

淘淘的父亲,我印象极深。淘淘刚到我们班的时候,我就足以看出来,这个身高一米八的汉子,对淘淘是极端疼爱的,真的可以说是捧在手心怕掉了,含在嘴里怕化了。也正因此,我就更不明白了,这样一个疼爱孩子的男人,怎么忍心对聪慧幼小的淘淘下这么重的手。特别是当淘淘说出挨打的原因时,我听了,更是感到愤愤不平。

淘淘说,他们一直是租房住的。爸爸在菜市场起早摸黑辛苦了这么多年,眼看着多年积攒的积蓄可以在小城里买套房了,便兴奋地向淘淘吐露了准备买套房子的想法。淘淘听说要有大房子住也很高兴,但最终和父亲在买房上产生了"争执"——父亲想买多层房,淘淘却喜欢小高层。这个爱孩子爱得让我都嫉妒的男人,简单考虑了一下便答应了淘淘。但谁知道,在看房的时候,淘淘不去考虑任何因素,唯独有一个要求,就是让爸爸必须选择高层房的顶楼。为此,淘淘只要得着空,就黏着他买顶楼。淘淘还说,如果不买顶楼,他就不上学了。淘淘的"无理取闹",终于让忍耐许久的他,在今天早晨将手掌伸向了小小的淘淘。

尽管淘淘不想我去他家,但我撒了一个以劝他爸爸买顶楼的谎言,最终还是在他的带领下来到了他们的租住房。到了后,我又等了一个多小时,才等到刚从菜市场回来的淘淘爸。他刚一进来,淘淘便跑进了自己的房间。而他正掸着身上的菜屑子时,无意抬头才发现了屋里我这个不速之客。他慌忙停下手来,倒了一杯水放我面前,红着脸讷讷地说:"老师来了,怎么不提前知会一声,我也好有个准备……"男人局促地搓着双手,一脸讪讪的笑容。

我说明了来意后,这个五大三粗的男人突然眼眶一红,不经意间眼泪就浅浅地滑落了下来。此时,我倒是显得格外拘谨不安——他这样一个大男人,在一个女老师面前突然掉泪,让我顿感措手不及。

他告诉我，淘淘6岁那年，身为一名职业作家的淘淘母亲在商场遭遇火灾，最终在医院没抢救过来而撒手人寰。闻听噩耗，淘淘的父亲——一个起早摸黑在菜市场卖菜的汉子当时就昏厥过去。对于这个家庭来说，淘淘的父亲是天，而母亲就是那根顶天的柱子。她的去世，让天瞬间就坍塌了。

从那以后，淘淘父亲这个坚强的男人，拒绝了多少说媒者的好意，执意一人带着淘淘生活。他说，他只爱淘淘妈妈一个人。他还说，他即使不能让淘淘成为世界上最幸福的人，但只要淘淘想要的，他给得起的，他二话不说都会弄来。只是这次准备买房的事，实在让他伤透脑筋。他问淘淘为什么坚持要顶楼，但淘淘每次都是只顾着嘟哝着嘴巴哭喊，对于个中缘由却始终不说。他也是实在禁不住淘淘无数次烦他，忍不住才猛地一嘴巴子甩了过去。打了后，他自己的心，还疼得要死，一直疼到现在。

我没想到淘淘的身上还有这么可怜的遭遇，亦没想到淘淘爸——这个外表刚强彪悍的汉子的背后，却有着无限的刻骨柔情。

淘淘爸告诉我，和普通的多层住宅房不一样，小高层是越高越贵。这么多年的辛苦积蓄，其实买个顶楼的钱也能将就着够，只是一旦买了，手头就没多少流动资金了。关键是，买个房就是图住得安生，高不高的，实在没有必要。

我觉得淘淘爸说的也很在理，而淘淘的要求，实在是有点无理取闹了。我说，我去里屋单独和淘淘聊聊，既是安慰他，也是为了劝他打消这个不像话的想法。

到了里间，我紧紧关上房门，搂过正在发呆的淘淘，跟他说出了我小小的要求。他眨动着一双圆溜溜的大眼睛，反问我："能不能不告诉爸爸？"

我点了点头，并轻轻拉着他的手指，说："拉钩上吊，一百年不许变。"

淘淘点点头，终于将他心中的小秘密告诉了我。

第一辑
一双不知疲倦的翅膀

他母亲临终前躺在病床上告诉他，她要去很远很远、很高很高的地方，可能要离开很久一段时间。淘淘便问她，那很远很远、很高很高的地方是哪里？淘淘妈想了一下说，天上。淘淘不依不饶，说那他要想妈妈了怎么办？淘淘妈便哽咽着说，白天，她会变成天上的云彩；晚上，她就是夜空中的星星和月亮。淘淘要想她了，就去看看云彩，望望星星和月亮。

他每天晚上回家做作业，只要天空晴朗，便会带着个小台灯，搬个小板凳在外面完成。他说，这样他就能边做作业，边看到妈妈了。而天上的妈妈，也能经常看到他。爸爸说准备买房时，他就想，买个顶楼的房子多好！这样，他站得就更高，就能与妈妈离得更近了。他甚至想过，住在顶楼上，伸伸手，即便摸不到妈妈，但说不定还能感受到星星和月亮的温度，那是妈妈的温度。

淘淘说完，歪着脖子问我："老师，爸爸如果买顶楼，你说，我与妈妈是不是就会离得更近？"

我的心突然就被濡湿了，鼻子陡然一酸，点了点头后，就猛地一把将淘淘搂进怀中，给了他几个重重的吻。我知道，这个9岁的孩子的心中，很少会想到房子的地段、采光、价格等因素，但因了一份爱，楼层的高度却无疑是他最在乎的。

我吻罢他，便心疼地嗔怪他："为什么不把这个想法对爸爸说？"

淘淘低下头去："爸爸早就对我说过，任何时候都不许再提到妈妈。"

我明白了淘淘爸如此要求的原因，他是担心"妈妈"这两个字太重，而淘淘承载不了；他更怕这两个字，会随着时光的流逝而越来越刺痛孩子的心。他只是想，能将这两个字淡忘，淡忘就好，不要碰疼孩子就好！

此时，门外一直在偷听的淘淘爸，也早已满面泪痕。我之所以感动，是因为当晚送我出去时，他就轻声跟我说，他要买顶楼的房子。我问为什么，他说，因为那里距离爱最近。

我后来才突然想起，曾经在一堂"我的梦想是什么"的主题课上，淘淘就回答过，他的梦想是能够站在世界的最高处。我问他为什么有这个梦想，他却兀自低头无言，还惹来了其他小朋友哈哈大笑。现在想来，一切都明白了。

那时的我不懂小小的他怎么会有那样一个奇怪的梦想，即便知晓他失去母亲的事情也猜不懂。是因为，饶是我们这些成年人再怎么成熟，再怎么历经世面，可在有些方面，永远也不了解孩子的心思——那是一颗尘世间最洁白的心灵，又怎能让人轻易看透。

淘淘家搬进新房后，我有几次路过那个小区。而每一次，当我抬头仰望最高处的那栋房子时，头脑中便会闪现出这样一幅画面：

这个已经站在世界最高处的孩子，在每一个有云彩的白天，每一个有星星、有月亮的夜晚，于顶楼之上，都会把手伸向深邃的天空，把眼神痴痴投放于每一片云彩或者每一颗星星上，去感受每一缕他能感受到的温度。

好好生活，天天向上

一

他伏在院子的一隅，满面虔诚地侍弄着那些花花草草。间或里，一声惊喜的叫声传来，他回头冲我喊道："小姨快来看，蚂蚁搬家啦！"

我附身过去，只见在花草丛生处一块方寸之地上，一群蚂蚁为了一只不知名的虫子，正热热闹闹地忙碌着。我注意到，他的脸贴得几乎与地面平行，目不转睛地盯着蚂蚁，眸子里透出的清亮竟是那般有神。

"小姨，你看这群蚂蚁，为了这个大虫子，一个个都甩开了膀子干，嘴里面还齐声呼喊着号子呢。"

"你能听见？"我问。

"能！"他铿锵的回答掷地有声。

"蚂蚁甩开膀子干，嘴里齐声呼喊着号子"，他的想象力居然如此丰富，以致随便说出一两句话都是那般生动，犹如隽永清新的散文里的句子。我一边附和着他，一边默默心酸："孩子，你的学习成绩要能像对待蚂蚁这般认真，那该多好！"

二

他是班上最让我焦灼头疼的一个学生，同学们都叫他"活雷锋"。

周末大扫除，值日生把教室打扫得干干净净，一派窗明几净的明媚。他伏在位子上，歪着脖子，一会儿看看左面，一会儿看看右面，拿出一块抹布，像是阅兵式上的士兵，认真地在教室里巡视起来。眼瞅着哪块墙有污点，地面上哪里还有污迹，窗台上尚有圆珠笔调皮的痕迹，便会伏下身去，认真擦拭起来。即便，今天并不是他值日，他仍然要"多管闲事"。每每这时，同学们就会大喊："活雷锋，活雷锋！"而他，居然在众人的"赞叹"中扬扬自得，完全没听出其中的嘲讽味。

锄草时，他非要把杂草整理得有模有样，归类存放。我告诉他，等会儿车就过来拉走这些杂草，没必要再整理。他小脸一仰说，车不是还没来吗，杂乱地放在这里，太影响美观了。说完，又一头扎入到工作之中。我只能在心底默默叹气：这孩子，你为什么总是在不该做的事情上当活雷锋呢？

所以这个名号，在我听来格外刺耳。不为别的，就因为他那下等的成绩，就因为他是我姐姐的儿子。我这个做小姨的是看在眼里，怎能不急在心里。

每次我找他谈心时，他都是一脸云淡风轻，不温不火。这种温和的性格，本在我的心中神似民国的男子，穿雪白的长衫，手执唐诗宋词，诗情画意。但是因了他的成绩，我完全没了浪漫之心，有的只是满心的恨铁不成钢。

　　但能怎么办呢？我还是无法对他苛责太多。因为每次谈话末了，他在低眉顺眼间总说："小姨，我尽力了！"是的，他尽力了。上课时，他从没向教室外看过一眼；课余，每次作业，他也都是独立完成；就是去办公室向老师求教，他也是最勤快的。

三

　　周末，姐姐问起他的成绩，我只能用沉默来回答她。姐姐见我这模样，也便不再吱声，叹一口气后，便去厨房里做饭。而他在一旁却兀自一脸轻松，附过来偎依在我怀里，轻声说："小姨，别看我成绩差，但我做的油焖茄子可好吃了，还有八宝饭更是一绝。"

　　我不由得莞尔，点着他的小鼻子问："吹牛，你啥时候学会做饭了？"

　　他不争辩，只是迅速站起身来，转身跑进了厨房里。

　　开饭的时候，回来不久的姐夫夹了几口油焖茄子，咀嚼了几口就说："这样的味道，一定是儿子做出来的！"

　　我也夹了几口，那个可口的味道，真的是前所未有。

　　我惊诧地看着他，他又是把小脸一仰："那当然，我看了好多美食的书籍，又在网上查了资料才做出来的。"

　　落地灯下，我看到他那张才10岁的面庞，洋溢着的满满都是骄傲。

　　期中考试后的家长会上，我照例谈了谈我对教育教学方面的看法，并且通报了孩子们的学习和生活境况。当我讲到所带班级又考了年级第一时，突然被一个家长唐突地打断了。

　　这个家长问我："你的教学能力如此突出，但杨晓辉是你姐姐的儿子，为什么他的成绩那么差？"我一看，这是一个排名倒数学生的家长。

　　刹那间，所有人的目光都集中在我的脸上，让我恨不得钻进地缝里。

　　晚上，这个杨晓辉独自来到我家。一进门，二话没说，他轻轻钻进我的怀里,说:"小姨,对不起!"

我能感觉到,他的泪水浸湿了我的衣衫,也濡湿了我的心。

四

市电视台到学校做演讲比赛直播,他作为一个聆听者,静静蜷缩在台下的角落里。

但谁也没想到,演讲的间隙里,他居然举着小手嚷嚷,说他也想上台演讲,而且脱稿!面对着电视台记者和教育局领导,校领导和我都觉得尴尬,为了他的不懂事。我正准备叫他老实坐下,可台上的教育局领导却点名说,给这个敢于脱稿的胆大孩子一个机会。

他上台的时候,像是虔诚的信徒,全然不顾同学们"活雷锋,活雷锋又来了"的冷言冷语,一脸郑重地走向讲台。

在这场主题为"我是爱学习的好少年"的演讲比赛里,他说道:"我的成绩很差,但我炒的菜很好,全家都爱吃;我的小姨是我的老师,我会帮她捶背,让她卸下一天的劳累;我喜欢看蚂蚁搬家,喜欢看蚯蚓在泥土里漫游……"

他诗意的演讲内容,因为与学习一丁点关系都没有,所以没打动任何人。特别是他的不礼貌,让校领导向我投来责备的目光。而他却浑然不知,兀自在台上声情并茂地发挥着,完全不顾我的感受。

我突然在想:"他是不是有点傻?"

我知道他并不傻,但我不得不怀疑,大小脑分成好多块,是不是其中有那么几块是专门用来学习的?而偏偏这几块出了问题,以致他在学习上表现得那么愚钝。

那天,我把这个想法告诉姐姐,她犹豫了一下,后来还是决定带他去医院检查一下。

到了医院,我们骗他说,只是普通的身体常规检查。他也没觉出异常，反而表现得让我们很惊讶——他对医院很多医疗设备的名称如数家珍，直接让医生惊叹说："这个孩子的智商没有问题呀。"

医生的一句话，刹那间让他明白了一切。他哽咽着问我们："原来，你们怀疑我智商有问题？"眼泪，猛地从他的脸颊上滚过，也硌疼了我们的心。

五

姐的工作，是在超市门口替人看车。而他吵着闹着，非要每个周末由他替换下妈妈。起初，我们担心他不能胜任，他却说丢不了自己，周围都有监控呢。

果不其然，他看车看得有模有样。慢慢地，我们就放心了。姐姐也说，既然学习上没指望了，不如从小就锻炼他的其他能力吧。

那次，我在超市购物，外面下起了雨，突然想起电瓶车筐里放着几本心爱的书，便立即下楼朝停车区走去。远远地，我突然看到一个羸弱的身影在雨里穿梭，正往一辆辆车的车座上套塑料袋。我也看到，他经过我的车时，又多用一个袋子将车前的车筐给套住了。那样，书就不会湿了。透过薄薄的雨雾，我能看到，他瞧向车子的每一个眼神和每一个动作，都像极了一个艺术家面对珍品的模样。

心蓦地一疼：多么认真，却又多么傻的孩子！车湿了，车主擦一擦就行，用得着你冒雨，一辆辆套塑料袋吗？

我走过去，撑起伞，轻轻搂过他问："这么认真，值得吗？"

他细声细气地反问："生活能马虎吗？"

我的心里一震：看车不是职业，而是生活。原来，每一件事在他心里不分巨细，皆是生活的一部分。

回去时，他突然问我一句话："小姨，我觉得'好好学习，天天向上'这句话也不全对？"

"那该怎么说？"

"好好生活，也能天天向上呀！"

彼时，我的心竟陡然一暖，内心里最柔软的部分生平第一次被触碰。我默默瞧向他，只见他稚气的面庞上，那坚毅如将军的眼神好似要延伸到很远。而一寸一寸的光阴，过去的也好，未来的也罢，仿佛都穿越而来，氤氲在他周围，绽放成斑驳的光影。

那一瞬间，我也更愿意看到：阡陌红尘里的芸芸众生，都能像眼前的这个孩子，带着一颗纯净如初的心，在以后的光阴中不求一路冲锋陷阵，但求好好生活，天天向上，去碰触世间一切的美好！

千里之外

这是一场突如其来的灾难。

山洪暴发，天昏地暗。一时之间，女人孩子的哭喊声，慌不择路的奔跑声，房屋被山洪冲击的倒塌声……充塞在这个小山村的每一个角落里。

第二天，千里之外的她在网上看到了关于这场灾难的新闻。她的心，随着网页上的画面颤抖了起来。就在几天前，她的母亲打来电话，说很挂念她，想让她回家一次。而她，却以忙得抽不开身为理由，一口回绝了母亲。毕竟，家乡的穷山恶水，远远不如都市的繁华；家乡的破败萧条，比不上她在象牙塔里的爱情甜美。

但现在，生她养她的家乡发生了洪灾。那里，有她曾经熟悉的老槐树，有她以往留恋过的清水河，更有与她相依为命的母亲呀。

她一刻也坐不住了，匆匆关了电脑，连假都没顾得上请，便风风火火地向车站奔了去。

火车上的她，心，也随着车轮的轰隆声忐忑不安。她忽然想到了一幅她不愿想到的画面：倒塌的房屋、四散在水中的家具，还有漂浮在水中的那些人的尸体……想到这里，她情不自禁地打了一个寒战。她不敢再想下去。泪，顺着她的脸颊，哗哗而下；心，如刀绞般，使她感到生疼万分。

千余里的路程，经过几天的颠簸之后，她终于回到了故土。

现场的情景，和她所料的差不多。倒塌的房屋正在修建之中，未退尽的洪水之中，漂浮着零星的破碎的家具，还有一些小动物的尸体。

她未做丝毫的停息，一路狂奔到了家中。映入她眼中的，没有往日的那个虽简陋却不失温馨的小木房，没有昔日老远就伸出双手迎接她到来的老母亲。有的，只是一片被洪水肆意蹂躏过的狼藉。

她疯狂地四处寻找母亲，就连最隐蔽的角落，也被她搜了个遍，但都没见着母亲的踪影。一种不祥的预感顿时袭上了她的心头。她忽然想起了她的乡亲，便挨家挨户地打听母亲的消息。得到的结果都是，谁也没见着她母亲的影子。更有人说，怕是被山洪给冲走了吧。她捂着耳朵，疯狂地跑了出去。她，太害怕听到这样的话语了。

她不死心，又寻找了起来。这一找，又找了整整三天。但，仍然没有丝毫的结果。她欲哭无泪，整个人，跌倒在地上。有好心人劝她不要做无谓的寻找，还是趁早回到学校。她没答应，她要等，等母亲回来。

于是，她又等了好几天，然而，等到的仍然是一片空白。无奈，她只好先回到学校，准备向校方解释清自己不辞而别的原因之后，然后再回来。

她又风尘仆仆地向千里之外的学校赶去。

下了车，她远远地望去，只见学校门口围了一大群人，不知道发生了什么事。她拨开人群，挤了进去，突然呆住了。人群里，一个衣衫褴褛的老妇人，脏乱的头发上满是乱草，被风霜侵蚀得千沟万壑的脸上更见黑瘦，一双浑浊的眼睛无助地定格在一个点上。

"妈！你怎么跑这里来了？"她蓦地发出一声凄厉的叫声，便扑上前

去，紧紧地抱着老妇人。

老妇人的身体一震，待看清眼前人的面容时，眼神陡然明亮起来，惊喜地叫出声来："儿呀，妈知道你一定知道家乡洪灾的消息。家里没电话，你一定焦虑妈的安危。所以，妈怕你担心，影响你的学业，于是就连夜动身，想给你报声平安呀。"

她脸上的表情瞬间定格了，猛地大哭出声，任由眼泪肆意地奔流着。原来，千里之外，她的爱，一直落脚在关于自己的幸福上。而母亲的爱，却始终寄托在她的身上。

树这么高，爱那么深

一个同窗大学毕业就去南方闯荡，别看他是刚出校门的愣头青，这一去竟将生意做得风生水起，身家上千万，忙得七八年间硬是连家都没回。

上个月，又接到他的电话，这次和以往不同，不单是简单的"汇报工作"和"致青春"，更是告诉我一个很意外的消息：他要回家了——不管南方条件多么优越，城市多么繁华，他也得回家。

以前，他经常在电话里跟我说，将定居南方不再回来。可现在，他却急着回家，问他原因，电话那边沉默了一会儿，便跟我讲起了一株桂花树的事。

他在南方弄了一株桂花树，派下属专程送给家乡的父母，种植在家门口靠田边的空地上。他给父母电话说，桂花树种在那里，一为空荡荡的院前做了点缀，二来也是因为思念他们——他希望父母经常在桂花树下拍点照片，邮寄给他看看——父母不懂电脑，不了解手机，不用邮寄的形式，还能怎样？

总有一种爱润物无声

第一次收到父母寄来的照片，他看照片展露的笑容干净晴朗。照片上，桂花树前的父母尽管满脸灿烂的笑容，却掩不住背后的拘谨。他甚至能想象到，父母在拍照前定然是为谁在左谁在右讨论过，为摆什么样的姿势商量过，商讨到最后，还是用老一辈拍照最普遍的形式：坐在一条长板凳上，父亲的右手紧张地牵着母亲的左手。一个咧开大嘴哈哈地笑，典型的豪爽男子汉；一个嘴角向上微扬，浅浅笑来，一如当年少女时。

尽管钱不是问题，父母每年寄的照片也不多，毕竟节俭惯了，拍照在他们的心中还是奢侈的事情。所以，一次也就一张，一年也就四次，仿佛按照季节来安排似的。这一寄，寄了好几年。直到两个月前，他再次收到父母寄来的照片，突然从照片上发现了异样，打了个电话回家询问，当母亲向他道出了缘由后，电话一端的他，便哇地哭出声来。

听到这里，我也奇怪，问是什么事情。他说，桂花树死了，桂花树其实早就死了。

原来，那株桂花树在第二年的冬天就死了。他的父母每天只吃一顿饭，整天唉声叹气。他们觉得，儿子在外辛辛苦苦好几年，好不容易得空给他们送来一株桂花树，自己却没有好生照看。他们说，对不起儿子，对不起儿子送来的桂花树。

为了每年的惯例，继续给儿子拍在桂花树前的照片，老人多方打听，找了七八处有桂花树的地方，最终在离家里四十公里外的一个乡镇上找着了满意的一株——这株桂花树，依田傍水，很像自家那颗桂花树所处的环境。

就这样，无论是春日里的和风煦煦，夏日里的酷暑当头，还是瑟瑟的金秋，甚至是滴水成冰的寒冬，两个老人都会骑车远赴四十公里外去拍照。不为别的，就为了心头对儿子的愧疚，就为了隐藏这个秘密。

一次无异样，两次没破绽，三次四次……时间久了，他渐渐发现疑点，终于得知了照片背后的故事。

同窗说，和母亲的电话挂了后不久，他便决定尽快回家。因为，他的心被母亲的话硌得生疼。父母小心翼翼隐藏的这个秘密，却无疑是一把无

形的刀，割得他满心创伤——七八年了，父母这么格外地珍惜自己送他们的桂花树，其实是珍惜他这个人，叫他如何不落泪伤神。因为，反过来一想，自己不孝呀——父母之所以如此，不就是自己七八年来从未回家，唯独送过父母一株桂花树吗？

同窗说，在外发展得再怎么好，对于父母来说，可犹如大树之于厚土，树再怎么长高长大，厚土还是紧紧缠绕着根须，根须还得深深扎入厚土。

树这么高，却又哪及爱那么深！

善良是世间最大的财富

老王大字不识一个，卖了大半辈子豆腐，有一天突然心血来潮想开饭店。众人劝他，豆腐卖得好好的，勿轻易涉足餐饮行业。他却憨憨笑起，说想法已经很成熟，一定要付诸行动。

任是谁也没有想到，老王不仅干起了饭店，而且不干则已，一干就干得让满城人瞩目。仅仅用四年时间，老王的饭店从小到大，从大到精，居然发展成了一家四星级酒店。而在整座小城，四星级酒店不过三家而已。

大字不识的老王摇身变成了王家饭店的董事长，高中毕业的儿子是总经理，负责整个酒店的运营。而财务、营销、采购等部门的负责人，居然没一个与酒店经营专业有关的，都是老王的近亲或者其他一些故友。

起先，很多人认为，老王把小饭庄经营成了四星级酒店，内里一定有什么高招儿。譬如营销秘诀、经营诀窍、请到了很牛的大厨等。但是，人家其他饭店也都做到了这点，怎么就单单老王成功得如此风光呢？特别是当看到老王酒店的领导班子的构成，以及没啥了不起的业务培训，大家便打消了这种念头。但是，心头的疑惑却是越来越浓。毕竟，小城多少涉足餐饮的大佬中，不乏酒店管理专业毕业的高才生，都未将饭店经营得如此风生水起。而他一个白丁，却能如此厉害，背后的王牌，到底是什么？

直到去年十月，老王接受了省里电视台的采访，聊了聊他卖豆腐的故事，大家才得以知道老王成功的秘诀。

老王说，他卖豆腐的几十年里，曾经义务帮人家推过无数量车，替很多陌生人免费扛过煤气罐，帮过很多人免费跑过腿，还帮小区里很多人扛饮用水而爬了无数楼层……总之，老王做好事是出了名的，也正因为这个，老王的豆腐卖得特别好。

老王说，他的小饭店在刚开始时生意就很好，上门的客人络绎不绝。他细一打量，很多都是他曾帮过的人。当然，他的小饭店的饭菜味道也确实不错，但生意之所以做得越来越大，还是因为他的为人，经过一传十，十传百，半年时间没到，他就换了一个更大的门面。

老王说，其实刚开始他也没想到其中的缘由。只是，当生意越做越大的时候，他才无意醒悟：再多的经营秘诀，都不如做人踏踏实实好。就连自己也没有料到，几十年来自己发自肺腑地用力所能及的力量，去帮助一些人，却在几十年后，能给自己的事业带来这么大的帮助。

谁都明白了老王卖豆腐的故事就是酒店经营的王牌。因为，千言万语可以总结成一句话——善良，就是世间最大的财富。

母亲的诗

母亲是乡村的诗，乡村更是母亲的诗。

有时候，一两只归家的燕子，翩跹翻飞间，在她眼中就成了诗歌的平

仄；水盈盈的稻田里，那边一声号子一呼，这厢一声号子来应，就是她诗的韵脚；遇着心情好的时候，随便一缕风光临眉梢，任意一根柳枝掠过额头，一只小虫子在菜园里低唱，都是她诗歌里的格律。

打我记事起，她便告诉我，我不是在她的怀抱里成长，而是在乡亲们的眼皮底子下长大。我生下的那一刻，便是在乡亲们的凝望中接受注目礼的。一声声"带把儿的"，一句句"小胖仔子"，都是乡亲们对我这个初临者最亲切的礼遇。母亲说，我跑遍了村头到村尾的每一个角落，上过张大爷家的炕，还在上面落过小臭臭。我去过王大娘家的西瓜地里，偷偷摘走她丰硕的果实。我还去见证过李叔家一只磨盘的沧桑，去模仿过张婶家的大母鸡走路的样子，甚至还越过谁家的墙头，推倒过谁家的草垛。但每一次，我都是在他们假意嗔怒的目光中，相安无事大摇大摆地离开。母亲真的是一个伟大的诗人，居然如此诗意地将我说成是在乡亲们的眼皮下长大，任由我像春天的翠竹般蹭蹭地破土而出，丰盈了他们每一个人的眼眸。她始终认为，在乡村里，无论我跑多远，无论我玩多迟，只要没逃出乡村的怀抱，便从来都用不着担心。

你肯定没见过菜园里虫子与虫子间、葱和葱之间的对仗吧。母亲喜把葱说成是一个素净的女子，撑着一柄白色的油纸伞，袅袅婷婷地立在田地中。葱，母亲又把她叫作和事草，这样一种对人必不可缺的东西是缺不了伴的。所以，她种葱，养葱，侍弄葱，一定会成行成列。这样，她们每一个都不会孤单，前后相依左拥右抱的对仗，就会让她们白天黑夜里都不会孤寂，热热闹闹地等待着巧手的娘子过来采摘。还有葫芦南瓜，茄子辣椒，红薯土豆，花生切莲，西红柿黄瓜，都是红绿搭配自然、高低错落有致，是一首不拘一格潇洒从容的诗。

夏夜里，菜地里总是有很多虫子在叫。她说，那不是叫，是它们在浅唱低吟。蚂蚱在拉二胡，蟋蟀在弹琴，瓢虫在奏一曲古筝，毛毛虫在拨几声琵琶。虫们在一起热闹欢腾，琴瑟相合，是世间所有音乐家都难以演奏出的天籁。我奇怪地问母亲，为什么我听不见？母亲摸摸我的头说，长大了你自然就会听见。

总有一种爱润物无声

　　小时候，姐姐在外面读大学，每一次写信回家都不是用快件，而是应了母亲的要求而选择了平邮。真是奇怪，人家是恨不得儿女的信笺，能于电光石火间穿过千山万水，越过红尘阡陌，瞬间抵达父母的内心才好。而她，却一再要求姐姐用平邮。她说，这信来得越慢，那思念仿佛就越深哪。思念越深，这相隔了些许时光才收到的信，才能捏在手里浸出爱来。信若是来得太快，她怕来不及思念，来不及担心，姐姐在外的情况就猛然扑入她的脑海了。这样，就失去了韵味，辜负了她长长的思念、深深的相思。

　　到现在都还记得母亲在田间地头的样子：她说田埂上今天又吹过了成百上千斗的风，才将麦子染成金灿灿的黄。在此前，我在哪里都没听说过风居然能用"斗"来丈量；她还把稻谷说成是女人，女人就缺少不了水。是水的柔肠百转、温情千回，才将稻谷滋润得那么丰满健硕。她始终认为，每一个麦穗都是上天对她工作的褒奖，每一粒小米都是上苍对她付出的肯定。母亲如此诗意，但一生很少读诗，只有在田间才会深情地吟上一两句"谁知盘中餐，粒粒皆辛苦"。她吟诗时的样子，像是一个虔诚的朝圣者，谦恭圣洁。

　　是诗，诗意都会有衰竭的一天。也许是灵感枯竭吧，抑或思维劳钝吧。后来随我入住城里的母亲便很少如此诗意了，她只是常驻足阳台，隔着防盗窗的玻璃望向外面钢筋铁骨般的现代化建筑。我常想，她或许是在找那只久违了的燕子吧，或是在找那只躲在逼仄处的小虫子吧，抑或是在搜索那存在记忆里的一抹抹新绿、一抹抹金黄吧。

　　母亲才是乡村的诗，乡村才是母亲的诗。

慈姑，慈姑

　　和母亲去田间地头，遇见慈姑。

彼时，它正顶着硕大的青白色脑袋，低头弯腰，袅袅在地头前的浅水溪里。母亲说，慈姑可食用，性味甘平，生津润肺，康健脾胃，是难得的保健珍品。它只生于浅湖、池塘和溪流等偏僻背阴处，喜阳光，却怕风。

我的心蓦地一疼：这样一种对人大有益处的植物，居然生长于清冷孤寂的环境。一生里，与繁华绝缘，只和寂寞为友，孤独结伴。就连开花，也不屑与其他植物争花期：春天刚来，桃花梨花月季一类的，几乎是一夜之间，就开始攻城略地。山头上，田野中，院子里……很多地方，都能看到它们在推搡、欢笑、吵闹。而慈姑，人家开花它不言，只是静静生长，直到秋天才绽放花朵。

我一直觉得，这世上每一味药，每一株草，都能在阡陌红尘里找到对应的尘缘。思忖处，便去查阅了下关于慈姑的身世：

古时，人间常遇水灾，庄稼失收，许多人因为饥饿而死。观世音菩萨就派一位名叫慈姑的仙女下凡察看，欲救百姓于水深火热中。慈姑心地善良，眼见饿殍遍野，心痛之下便不辞劳苦、殚精竭虑到处寻找食物，终于在偏远地方找到了一种不怕水淹的水生植物，可当食物充饥救命。她如获至宝，便把它挖起带回。但是，这种植物脱水后根本撑不了多久，且慈姑下凡前被约束，决计不能使用仙法。无奈，这种植物干了，她就用泪水滋润它；泪水流干了，她就用血水来喂养它。终于，她成功把这种植物栽在了湖畔，且教会人们栽培方法。从此，每逢庄稼失收，人们就拿这种植物来充饥。为纪念这位仙女，人们便叫它"慈姑"。

看到这里，不仅是感动，更多的是揪心疼——原来，慈姑的背后如此辛酸。无怪乎慈姑的得名，是源自"一株多产十二子，如慈姑之乳诸子"。其实，慈姑养育的又何止十二子，田间地头，一株慈姑上结出十五六个果实的又何尝少见？它开花，结果，成药，救众生的分明是滴滴血泪。我能想象到，在过往的历史里，或许这样过：秋点兵的沙场上，浴血的将军，或许曾用慈姑疗伤复元过；那野村里一盏孤灯的小屋里，提笔咳嗽的书生，没有抚肩拍背的娘子在侧，于是慈姑便让他止渴生津，妙笔生香。

　　慈姑是一个素净的女子，不施粉黛，不扫娥眉。她只是撑着一柄素白的雨伞，偏安于一隅，阅尽人间繁华，兀自眉眼不惊。难怪我俯下身子，几乎与它来了个面贴面，却也闻不到关乎它的任何气味。不像其他植物的花，像是素来就自诩为倾国的绝世女子，拼了命地招摇，离老远就能闻到它们身上的那些粉呀胭脂呀的香气。我在想，它怎么就那么谦逊低调呢？是植物，开个花，甩几下水袖，露几分香味，即便是傲然于人海中，都是再正常不过的事呀！

　　细想才发现，其实慈姑或许就是一个小门小户家的闺女，素来就登不了什么大雅之堂，一直在少有人注意的水沟里、浅湖里和小溪畔，淡定从容地绣花引线。你去看，繁华喧嚣的城里，是见不着慈姑的。她的身份太卑微，或许常生活于灯红酒绿中的人是看不上眼的。不是它清高，而是它实在太过低调：乡村的每一捧水，山野的每一缕空气，江湖的每一寸淤土，已经足够它扬眉吐气的了。或许，它最初来到这个世上，便是扎根于乡村山野。它只想着它的故土，惦记着它的旧事，挂念着那些需要它关爱的人。至于住处是寒窟还是香闺、衣着是华服还是素衣，都无关紧要了。

　　我突然奇怪，慈姑这样低调，却为何也钟情于阳光呢？若说它也喜好阳光的暖，却又为何拒绝风的青睐呢？认真思索一下，便找到了答案：尽管慈姑的心能纳百川、容天下，尽管它不艳羡世间繁华、甘于清贫，但是世间又有哪个女子的本心不是向着好的呢？只是它就知道奉献，想着对他人的好，便淡漠了它本心上也渴望的美好。至于风，也许它是怕借着风的力量，将自己的美名到处传播吧。它可不想这样。

　　慈姑，慈姑！这世间一定有着诸多如你这般的人，因为一颗慈心，哪怕居于偏远无人关注处，哪怕被清苦孤独一生束缚，却也一直云淡风轻、从容欢喜地生长着。

就这样光荣地老去

老戴18岁的时候,一个人去了大孤山,一杆猎枪,一条猎狗,一颗丹心,硬是把盘踞山头多年的大野猪给灭了。

老戴28岁的时候,和邻村的一个姑娘好上了,可是"我本将心向明月,奈何明月照沟渠"——老戴和姑娘两情相悦,可女方的父母却极力反对,只因为老戴贫穷。老戴可了不得,脱光了上身,露着钢铁般的身躯向女方父母吼道:"我戴某人七尺男儿,舍了自己一身肉,也不会委屈了你家姑娘!"铁塔般的身体,加上这响遏行云的一声吼,立即就把对方二老给吼蒙了,马上应了老戴的婚事。

对越自卫反击战中,老戴嘴巴里常嘟哝着的话就是:"子弹算个熊,遇见爷爷也得怂!"双方交上火,老戴心里的国仇家恨之火烧起来,从来就没把对方的子弹当回事,捋起袖子,端起枪就朝对方的阵地冲去。到现在,身上还有几十处枪伤呢。

1998年抗洪,60多岁的老戴是第一个冲上堤坝的汉子。在黑风苦雨中,他像是浪里白条一般和风斗,和水斗。别人累得呼呼直喘时,他还兀自在堤坝上来回穿梭,不时嗓子里还咕噜咕噜地怒吼着。那时,人们都得向他竖个大拇指,道一声,姓戴的,真爷们!

关于老戴的光荣往事,还有很多……

"好汉不提当年勇"——讲这些事的,都是老戴的儿子阿诺声情并茂地道来的。阿诺讲这些话时,必备两个条件:一、父亲在场;二、还得有一群聆听的人,最好是一大群人。而每当这时,一边阿诺在神采飞扬唾沫乱飞地叙说着,一边老戴总是在一隅里嘿嘿地笑个不停,那张老脸骄傲得像是一面胜利的旗帜。

阿诺讲呀讲,从他第一次讲算起,一直讲了20多年,直到老戴80岁那年撒手人寰,他才作罢。

老戴生前,别人不好对阿诺说什么。老戴死了后,终于有人打趣阿诺,自家不夸自家的,哪有像他这样到处为自家脸上贴金抹彩的。阿诺也不做太多辩解,只是淡淡地说,我只想让父亲光荣地老去。

老戴死的那天,谁都看出他走的时候了无遗憾。据说,病床上的他,满脸的笑容,圆睁着的眼睛里,满满的都是睥睨天下、舍我其谁的眼神。

我们常见的,是父母将儿女的优点当成自己一生莫大的荣耀,恨不得把儿女的每一个闪光点都放大于人前。而关于父母,做子女的有几个还能记得那些专属于他们的光辉岁月?又有几个能将他们的光辉岁月如此惦记,且用另一种形式展现出来而让他们在光荣中慢慢老去?

第二辑

总有一种爱润物无声

总有一种爱润物无声

美好那么疼

遇到他们,是在去南方的火车上。彼时,他们剥好橘子正要往女儿口里送时,小女孩突然调皮一笑,像个小精灵般,腰肢一扭便滑开了。

对面的我,被这温暖的一幕打动,眼见旅程无聊,便和他们搭讪了起来。听他们口音,应是北方人,我便问:"年关将近,你们怎么往南方去?在南方定居?"

男人摇头。他们在南方小城打工,上周好不容易买好车票,准备回北方老家过年,这刚到家第二天,便又急着返回南方。到南方后把事情处理好,然后再回家过年。

什么事这么慌张?这年头买张火车票容易吗,短短两三日就要来回奔波?

男人看我疑惑,刚要说话,却被他的妻子给打断了。女人指着孩子说,因为她骗了人家,他们才不得不来往匆匆。

在他们的话匣子中,我才得知前后的原委:

他们在北方小城打工,9岁的女儿,就在他们工地旁的农民工子弟学校读书。男人干的是模板活,很累很苦;女人的活儿比较简单,在工地上负责做做饭、烧烧汤,一个月两千多块钱。他们居住的地方是棚户区,来这里的都和他们一样,都是农民工。大家的日子过得虽然都清苦,但人心简单,相处得也是极为融洽。闲暇时,三五成群,常在一起喝喝茶,下下棋。日暮时分,夜色初笼时,煮一壶老酒,炒三两个小菜,几个男人光着

膀子，就着几个笑话便能喝得东倒西歪。

本来，棚户区的日子虽然平淡，但也不失幸福地继续着。但在这一年的十二月里，一个农民工兄弟的女儿却得了病，医院下的诊断触目惊心：癌。孩子在医院住了短暂的日子后，便因为负担不起高昂的费用而回。当然，医生也曾暗示过孩子的父母，说这种病发现时已是晚期，不是花钱的事了。他们听出医生的弦外之音，才不得不抹着大把眼泪把孩子接回了"家"。

据说，也只是据说，这种病有极强的传染性。所以，谁也没敢去看她。只有男人在网上查阅过，这种病根本就没有传染性。但是，没人信他。

他和妻子，几次去过那个女孩的家。尽管他们比较拮据，但每次去都买了水果，送上几百元钱。他们知道，他们能表心意的，也只能如此了。原本，他们也想带着女儿一起去，但不想让女儿过早地感知到生离死别、病痛疾苦这些狰狞的字眼，也就作罢了。

几个月后的一天，星期一。彼时，被折磨得不成样的女孩正躺在椅子上休养，对着门，对着阳光。他们的女儿上学时，正好经过女孩家门口，看到屋内的她，便驻足下来。女儿隔院子喊，等放假了，我来看你。那个女孩反问，你来看我干吗？女儿揉揉鼻子，略微想了想，便答道，我来给你讲讲外面的世界：这几天，有些花开了，冰也融了，水在欢快地唱歌。还有，童话书里的小熊在掉进陷阱后，又被猎人救了起来；还遇到了很多奇遇。还有可恨的灰太狼，被喜羊羊捉弄得好惨呀……

女儿一口气将她心中所认为的美好，一股脑儿说了出来。她甚至能看到，躺椅上的女孩苍白的面容上飞来了一抹嫣红。女孩稍微挣扎了一下，眨巴着大眼睛，说，你真的会来吗？女儿重重点了点头，做出了承诺：我说话算话的，否则让我鼻子长到天上。下周四上午我们放寒假，中午我就来看你。我讲一天，你听一天，好吗？里面的女孩点点头，脸上笑靥如花；外面的女儿也点点头，面颊上阳光朵朵。

总有一种爱润物无声

约定，本是不会落空的。只是女儿没想到，为了返途顺利，父母提前买好了火车票，且在第二天就出发了。她只好把心事压在心底，不敢跟父母言语。她也知道，现在的火车票是多么难买。

回家后，她才把心事告知于父母。爸妈丝毫没耽误，决定次日就返程。

我听完，鼻端酸酸，感动的同时却也问他们："值得吗？"我知道，对于经济拮据的他们，不说来回上千公里的颠簸，光是车费怕是也不少。

"值得！"男人郑重点点头，"女儿答应过她，我们不能磨灭了那个女孩心中期待的那份美好。"

这时，女人也指着女儿说："同时，我们希望她以后也能珍惜别人对她的美好，更不希望她从小就视承诺为儿戏。"

在遇到他们之前，我很难想象，世间居然有美好得诸如他们这样的人，为了孩子对别人的承诺，不惜颠簸千里之遥来兑现诺言。现在我知道，说是为了生命即将陨落前的悲悯也好，还是为了捍卫并践行承诺也罢，但有一点是不争的事实——这份承诺，在美好得令人心疼的同时，却也熠熠闪动着人性的光辉和彰显生命的尊严。

没有一个秘密能逃过爱的眼睛

那年夏天，入伍已经三年的他在一场抗洪抢险中离开人世。

接到这个噩耗的时候，家人没敢告诉年已古稀的母亲，生怕早年就已失去丈夫的她，接受不了小儿子离世的巨大打击而有什么意外。因此，家人们每天最重要的任务，便是小心翼翼地使这个秘密不被母亲知道。

第二辑
总有一种爱润物无声

到了落叶飘飞的深秋季节，母亲又开始思念她的孩儿了。每年的这个时候，母亲总是为儿子寄去自己亲手织的毛衣。那一件又一件毛衣，一针一线间夹带着丝丝真情，一丝一缕间饱含着点点母爱，准时地飞往边疆。

毛衣织好的那天，母亲把它捧在手里，眼神里满是爱怜。母亲让子女们将毛衣寄往边疆，还随包裹附了一封信，嘱托小儿子一定要当兵当出个模样来。

接过毛衣的时候，子女们的心猛地颤抖了一下：母亲眼中那热切的眼神，愈加证明，儿子在她心目中是万斤之重的。上个月，母亲思念儿子至深，要求为家里装部电话。但是，这个要求被他们以各种理由搪塞了过去。母亲无奈，只得和以前一般，将唯一的期盼寄托在儿子每月都会寄来的信笺上。

儿女们接过毛衣，把它藏了起来。他们又瞅准机会，从母亲的房间里找出了弟弟以往寄来的信笺，模仿了他的口气，一封接一封地给母亲"写信"。其实，母亲根本就不认识字，每次接到"信"，都是由他们大声念给她听的。

流光飞度，红了樱桃，绿了芭蕉。生活，就在他们精心编织的谎言中流转了八年，而母亲也为小儿子寄了八年的毛衣。前三年里，母亲眼看别人当兵早已归来，而自己却至今还未见着儿子的身影，便曾多次问过儿女们，儿子的兵怎么还没有当到头？儿女们每次都以"弟弟表现优秀被留队了，过一段日子才能载誉而归"的理由来安慰母亲。说也奇怪，这样的谎言竟让母亲一次又一次地相信了。每次听到儿女们的解释，母亲布满千沟万壑的脸上，总是浮现出比阳光还灿烂的笑容。

母亲也许并不知道，这几年里，儿女们每读一次信，发觉她的脸上并无异样时便会暗地里长嘘一口气，为这次的成功隐瞒而庆幸；儿女们每一次成功地解释了弟弟没有归来的原因之后，便会将心底的那块大石头暂时放一放。因此，这几年来，儿女们也是整天都生活在痛苦和担心之中。痛

总有一种爱润物无声

苦,是因为离开的毕竟是他们的亲兄弟;担心的是,怕这个秘密迟早被母亲知道。谁都明白,倘若让母亲知道小儿子早已离开人世,那无异于是在她的身上硬生生地剜下了一大块肉。儿女们不敢想象,那时的母亲会变成什么模样!

唯一值得庆幸的是,后来的日子里,母亲便再也不向儿女们打听小儿子的消息了,仿佛就在一心等待着身穿军装、胸佩大红花的儿子从远方向她大步而来。而儿女们,一直紧绷着的心弦也终于得以放松了下来。后面的五年里,母亲仿佛已经忘却了小儿子的事情,只顾着和家人享受着天伦之乐。

直到小儿子离去的第九年里,已经80高龄的母亲眼睛盲了,身体也每况愈下,终究支撑不住而躺在了病床之上。随着病情的加重,母亲没敌过病魔的折磨而时日无多。

母亲弥留之际,脸上突然泛起了一抹红晕,紧紧地攥住儿女们的手,嘴里冒出了一句:"妈终于要见着你们的弟弟了。"

儿女们大惊,母亲怎么会知道这件事?他们不是一直都成功地隐瞒住了母亲吗?

"你们收藏着的那些毛衣,我早就发现了。"母亲看出了儿女们心中的疑虑,继续说,"其实我早就怀疑了,当兵哪有当了十几年还没归家的呢?这么多年没回家,不是出事了还能有什么原因呢?"

可是,母亲既然早就知道了小儿子的事情,为什么每年都仍然坚持给小儿子寄去毛衣?儿女们把这个疑问抛给了母亲。

母亲深陷的眼眶里突然溢出两行浑浊的老泪,慢慢地流过她的脸颊,哽咽着嗓子说:"妈知道你们的孝心,怕妈知道了会承受不了这种打击。可是,妈也知道,那段日子,你们过得并不好受。所以,妈自从发现了毛衣之后,便仍然装作什么都不知道。而我这样做的原因,就是想让你们认为,你们已经成功地隐瞒住了妈!"

病房里,猛地发出了阵阵啜泣声,大颗的眼泪滴落在母亲的病床上。

那一刻，儿女们才明白，在他们小心翼翼地保护这个秘密的同时，已经遭受心灵重创的母亲，同样用博大的母爱珍藏着属于自己的秘密。

满地都是爱

新房改完水电，轮到铺地板砖时，听熟人介绍说，老赵是铺地板砖有名的好手。只是，他手艺好，业务多，不知道有没有空接活。我一直信奉"姜是老的辣"，所以便去找了老赵。老赵本来是摆手的，说他接了好几桩活，再接就忙不过来了，但是听说我的新房是用来结婚的，便叫住了我。

尽管业务繁忙，老赵还是仅仅用了十几天的时间便把地板砖铺好。看着铺好的地板砖完美无瑕，再挑剔的人也难以找出毛病，我很高兴地把钱付了老赵，且给了他一支烟，和他聊了一会儿家常。却没想到这一聊，却聊出了他铺地砖背后的故事。

老赵几年前退休在家，还没歇息一年就决定跟人家学铺地板和粉墙，遭到了全家人的反对，但他的性子执拗，大家最终还是没拗得过他。老赵学起来很认真，有什么不懂就紧紧追问，而且特尊重人。教他铺地板的师傅，一来看他年纪挺大了，二来看他态度诚恳，所以从心里也很尊重他，在传授上真的做到了毫无保留。本来，学铺地板砖和粉墙这门行当，一般学个一年半载的就可以出山了。但老赵这人不一样，跟在师傅后面，整整打磨了两年，自觉技术称得上是精湛了才开始单干。

老赵还告诉我，他起初生出学习铺地板砖的念头，其实根本不是因为退休后的无聊，而是为了儿子。

我一阵疑惑：他学习铺地砖和粉墙，这与孩子又有什么关系？

老赵看出我的不解,狠狠吸了一口烟,说他儿子毕业没多久,攒着钱准备买房结婚。而他,在儿子买房这事上也尽到了最大的努力,几乎把自己所有的积蓄都给了儿子。但他还嫌不够——他想到,孩子房子买了后,还要交契税、物管费等,另外还要装修。自己如果现在提前把铺地板砖和粉墙的技术给学会了,将来不就等于又替儿子省了一笔钱吗?

老赵还打趣说,要不是我也是为了结婚而准备的新房,他当时就不准备接活了。

老赵说完,我的心里突然一酸——我是无论如何也想不到,这样一个白发苍苍的退休老人学装修的背后,居然还有这样一个故事。我亦更加明白,怪不得他铺地板砖的技术那么好,因为每当他铺地板的时候,心里头装载的都是一个父亲对儿子沉沉的爱意。他想到的是,每一个买房者背后的困难和艰辛。

有谁能在你买房时毫不犹豫地掏出自己的积蓄?有谁能在掏光自己的积蓄后,还嫌自己做得不够的?有谁因为一份爱,能想得更长更远?除了父母,别无答案。

以后,当我向别人推荐老赵时,我总是说,他铺的不仅是地板砖,更多的是爱。

一步脚印,万里天涯

衣衫有洞,势必缝补;人若患疾,自当就医。如是重症,那更是刻不容缓火烧眉毛的事情。然而,对于57岁的她,在生与死的问题上,表现得却有悖常情。

2010年,57岁的她被确诊为脑干阴影,伴有语言障碍,医生没有隐瞒

她，很同情地对她说，她的病，治愈的希望不大。她微微一笑，似乎并没有将医生的话放在心上，出院的时候，她看看蓝蓝的天，心中似乎做好了决定——她要用剩下来可以用分秒来计算的生命，去茫茫人海中寻找与她分别了十几年的儿子。至于体内的病魔，就任由它肆虐吧。

她的老家在山东省烟台市，后被她的养父母带到了吉林省。20岁时，她加入了开发大西北的队伍，且不久后在青海结婚生子。由于种种特殊原因，儿子7岁时与她分离。她回了吉林，而儿子，则跟随爷爷奶奶回到青海。青海一去，一别就是十几年，而更为严重的是，其间她曾联系过，但那边的回音却是，查无此人。此后，诸般努力之下，她只听说儿子应征入伍，至于其他，皆杳无音信。

所以，要在余生里寻找"失散"多年的儿子，真的无异于大海捞针。然而，在母爱面前，又有什么困难能难倒一个伟大的母亲呢？

生命进入倒计时的她，终于进入了她的寻亲之旅。没有太多的盘缠，她就能省则省，除了省际长途班车，别的她都靠步行，或者在苦苦哀求下才得以搭上的顺风车；没有精确的目标，她就一人拖着病体，踽踽独行，跟跟跄跄地走过一座又一座城市。就这样，她从吉林出发，辗转到长春、沈阳、锦州、石桥等十几处城市，一路走，一路向人四处打听，一路走，一路风雨漂泊。而这一路的风雨漂泊，孤苦无依，她寻找儿子的办法很单调，亦很无奈——她每遇到一个穿军装的人，都会问他们是否遇见过自己的儿子。其实，别的又能让她怎么办呢？她坚信，是母子，就连心，若连心，就一定能寻找到儿子。

寻找儿子的路上，她是吃足了苦头。她住着10元一晚的廉价旅社，吃着清水白面，"交通工具"基本上都是靠着自己的双腿。更让人意想不到的是，当她到达大连的时候，她全部的家当——寻亲用的七千余元费用，全部不翼而飞。

幸亏，这个世界上还有好人的灵魂在支撑着。

总有一种爱润物无声

　　她在大连的日子里，其实并不孤单。在好心人孙女士的帮助下，她住进了医院，衣食住行、治疗费用，都由孙女士来承担。且孙女士承诺，为了治好她的病，哪怕是倾家荡产也愿意。不为别的，只为了她那份感天动地的寻儿之爱。可她又是一个多么执拗的人，她不想给任何人添麻烦，所以婉拒了孙女士的好意。

　　同时，似乎上苍也被她感动了。2011年3月，经过《西宁晚报》发出寻人启事后，终于有了她儿子的消息。当时，因为儿子有特殊任务，不能及时和她相见。西宁探儿无望，无奈，她只有通过电脑，与儿子"隔空"相见。在电脑面前，她笑眯眯地看着儿子说："妈撑不了多久了，你要好好的。"她说的时候云淡风轻，可身边的医护人员却是内心波澜四起，泪眼婆娑。

　　2012年2月，她再也坚持不住了。在大连医科大学附属第一医院里，她永远地离开了人世。她叫薛玉琴，一个身患重症却万里寻儿的伟大母亲，一个用爱温暖无数人的伟大母亲。

　　有人说，薛玉琴奔波过的路程很长，长过世间所有情感的总和，长过岁月年轮翻滚过的所有行程。因了一份沉甸甸的母爱，在那爱的征程上，每一个脚印，分明就预示着那是万里的天涯。

只认识你的名字

　　我出生在一个普通的家庭里，父亲高中毕业，这在当时算是比较高的学历了，但他于我的人生却无多大益处。父亲高中毕业，母亲却是个文盲，大字不识一个。然而他们俩教育我的方式却很是不同，父亲在我的印象中比较崇尚力气，母亲却是个崇尚文化的文盲，她希望我将来能成为一

个靠文化吃饭的人。

岁月匆匆，弹指间我和母亲一起又走过了16个春秋，我终于如她所愿，学校毕业后到镇上一所中学当了一名教师。

学校离家特近，步行只需要8分钟的时间。我在那所学校任教初二语文，并且做了班主任，本来一天回家一次，但母亲告诫我，说头一年教书要下狠劲，要学会充分利用时间，免得教不出成绩来，落个误人子弟的骂名。我一笑置之，哪有这么严重！可母亲却一本正经，硬把我推在了学校里，让我吃住都在学校，没有事就不要回家。我拗不过她，只好答应了，但还是三天就偷偷回家一次。

参加工作第三年时，我教毕业班，因为升学率的问题，肩上的担子很重，加上爱写写画画的，我每几天还要写上一篇稿子，渐渐地竟然忘了回家，全身心地扑在了教学和写作中。努力终究会有回报，一年下来，一些不登大雅之堂的作品也会偶尔见诸报端。学校里的老师和学生们都还是蛮佩服我的，说我是学校的一枝笔。我本来想将这些喜讯告诉母亲，想将发表的文章拿给母亲看，但一想起母亲不识字，便很快打消了这个念头。

寒冬的一天，我一个人在办公室里爬格子，正起兴之际，忽然瞥到门外有一个很熟悉的身影。呵，是母亲！我连忙站起身来，跑到门外，把母亲迎了进来。

我轻声地责怪母亲大冷天的跑来这里，母亲笑笑，从包里取出了一个热水袋，塞到了我手中说，天冷，用着暖和！

我看着母亲被岁月雕刻得满是印迹的面容，干枯如木纹的双手，眼里一阵刺痛，连忙转过身去，不让母亲看见。

母亲径自坐在了一张椅子上，突然对我说："儿呀，听说你的很多文章都上报纸了？"我轻轻地点了点头。"那能不能拿出来让我看一看？"母亲的双眼里满是期盼。

我一怔，她大字不识一个，还要看我的文章？但我还是把那些有我文章的报纸拿给了她,我想她也只不过是为了看看而"看看"而已。母亲拿起那些报纸,竟然一张张、一行行地仔细看了起来,那样儿颇有点专家学者的风范。我不禁暗笑她的认真,摇了摇头,继续赶我的稿子。

以前发表过的文章都是用真名,后来看别人都有个笔名,煞是感觉有趣,也想给自己弄个好听的笔名。所以稿子写了出来后,就想了一下,在文章的署名处写下了"沧海"两个字。

这时,母亲放下报纸,长长地嘘了一口气,说:"好儿子,一口气发表了12篇文章!"我顿时目瞪口呆,她怎么会知道我发表了12篇文章!母亲像是看透了我的心思,拿起我的手,指向报纸的某一处说:"你是奇怪我不识字?嘿,其实我这辈子只要认识你的名字就行了。"

母亲抓着我的手的指向处,赫然显示着两个字:葛闪!一摞报纸里有12个葛闪!啊!母亲连车牌照上的号码都不认识,竟然能认识我的名字!母亲很快起身,说是时间不早得回家了,免得影响我的工作。她刚走到门外,我追上去哽咽地说:"妈……"想要多说几句话,下面却怎么也说不出来。

母亲回头笑了笑,然后就继续向学校外面走去,很快,她的背影便淹没在我晶莹的泪光之中。我正发呆时,忽然想起了什么,连忙跑回办公桌旁,把刚才那篇稿子上的"沧海"二字擦掉,改成了母亲一生认识的仅有的两个字"葛闪"。

妈妈知道我在这里

地震发生的时候,来自江苏的他正在四川境内的一座山上采风。还没

待他反应过来，灾难突如其来，地动山摇、乱石纷飞中，他被埋在了一片狼藉之中。与此同时，这座山上无数的人同他一样，在轰然声中哀痛、呻吟、死亡。

地震发生不久，救援人员就火速赶来了。但是，由于地震震级之大、影响范围之广、破坏程度之重的缘故，加上余震频频发生，救援工作开展得极为缓慢。

接连四天的救援工作中，在一具又一具尸体被抬出、一个又一个伤员被发现时，人们发现了他采风时不慎遗失的证件和通信簿。但是在清点已经发现的尸体和伤员时，却并没有看到他的踪影。而从地震发生到现在，时间已经过去90多个小时了。从时间上推算，他生还的希望已经极为渺茫了。人们还发现，因为地震已经震毁了当地的移动基站，导致他的通信簿中的手机号根本就打不通。

尽管如此，救援人员还是没有放弃对他的搜救。只要有百分之一的希望，就要尽百分之百的努力。接下来的时间里，救援人员动用了搜寻警犬、生命探测仪等器具，移动公司甚至专门搭建了移动信号基站，全力展开对他的搜寻工作。

然后，时间一分一秒地过去了，在这座余震不断的山上，还是没有见到他的踪影。山上塌方的地方很多，间或里，还有泥石从高空坠落。更严重的是，时间已经过去整整100个小时了。而现在生死不明的他，滴水未进，任是铁人只怕也难以撑住。更何况，到底他是否还在人世，谁也难知。加上每隔几分钟就发生一次余震，天色又晚，搜救实在困难。无奈，救援人员只得决定暂时放弃对他的搜救工作。

然而，就当救援人员到达山脚的时候，对面却扑来了一个白发苍苍的老妇。老妇哭喊着告诉他们，儿子还在山上，她要上去救他。救援人员这才知道，她就是山上他的母亲。

救援人员向她讲了实际情况，劝她第二天再来，但遭到了她的坚决反对。救援人员感动于母亲对儿子的爱，冒着生命危险，带齐了电筒等必需品，陪着她一道，再次踏上了救援之路。

天色漆黑，山路难行，救援仍然在希望渺茫中进行。尽管救援人员一路坚持对她的劝阻，但老妇人还是一而再、再而三地拒绝了他们。

天色微明的时候，救援已在漆黑中又进行了整整一夜，但一切都还是徒劳。她的十指因为扒土挖石已鲜血淋漓，身上也因为多次摔倒而多处受伤。这样一种情境下，救援人员想，她也应该歇息一下了吧。但是结果再次出乎他们的意料，她只是吃了一点速食饼干，然后便继续坚持搜寻下去。

此时，距离地震发生已经足足146个小时了。正当人们都感觉希望渺茫时，天大的奇迹却真的发生了。在半山腰的一堆乱石里，她的呼喊终于有了回应。而回应之人，正是她的儿子。两个小时之后，救援人员克服重重困难，终于在废墟乱石之中将他救了出来。

事后，人们才知道，儿子临行的时候，把自己来四川采风的事告诉了母亲。因此，她便搜寻到了这里。

但是谁也没想到，146个小时，146个小时滴水未进之后，他居然还活着！谁也没想到，146个小时的寂寞与恐怖之中，他居然还能坚持着！到底是什么样的信念在支撑着他？到底是什么样的希望在延续着他的生命？有记者把这个疑问抛给了他。

"妈妈知道我在这里！"疲惫至极的他并没有说出什么惊天动地的豪言壮语，只是淡淡地说了这么一句话。

当太多浮华壮丽的语言、太多堂皇高贵的理由充塞在人世间的时候，一句"妈妈知道我在这里"却用最朴实的语言阐释了爱的真谛。无情的地震灾害中，奇迹因何屡屡发生？唯一的解释——爱的存在！

不坐飞机的秘密

在某卫视的一档访谈节目上,主持人对面的嘉宾,是一个事业有成的企业董事长以及他的父母。

董事长出生在苏北的一个小城,从小家境贫苦,23岁时便离开家乡,离开辛辛苦苦拉扯他长大的父母,独自到异乡创业。从洗碗工到理发店学徒,再到机械厂打工,边打工边学技术,边学技术边留心创业机会。最终,他积累了一部分资金,创办了一个加工厂,从小到大,从弱到强,直至成就了他今天的身家。

节目过程中,主持人和现场的观众了解到,即使他现在成家立业,事业有成,但在老家生活习惯了的老父母,一直都拒绝跟他一起去海南生活。只有在每年的春节,或者十分想念儿子、孙子的时候,他们才答应由儿子亲自回家乡接他们到海南。

但与此同时,主持人和现场观众都发现了一个奇怪的问题,从苏北到海南,几千公里的路程,为什么他的父母不乘坐飞机,而是每次都由他亲自陪着乘坐火车?这几千公里的长途跋涉,岂不挺累?

面对主持人的这个问题,董事长脸庞微红,不好意思地笑了笑说,俺现在也不差钱了,可到现在俺也不明白爸妈为什么不坐飞机,而非要去乘坐火车。

有包袱了。主持人望向董事长的父母,想得到答案,但这对父母也是尴尬一笑,都低下头去搓着双手,久未吱声。

主持人发现了一个讨论的主题,便没再追问下去,而是立即把这个"包袱"抛给了现场的观众。经过一番讨论,答案无非是围绕下面几点展开:

清苦惯了的老父母,舍不得让儿子花钱买相对来说价格很贵的飞机票。

他的父母肯定都恐高，不敢坐飞机。毕竟，飞机是在万米高空，火车是在地面上跑，人在车上，心里也踏实。

……………

最终，当老母亲不好意思回答，还是由老父亲硬说出答案的时候，在场的每个人的眼睛都濡湿了。

老父亲说，孩子企业在海南，每年回家很少。他母亲实在太想念他和孙子了，但是又见不着。所以很珍惜这每年的一两次机会，就不坐飞机了。

可想念和珍惜，这与坐飞机或者坐火车有关系吗？主持人也蒙了。

当然有关系了，老父亲有点激动，直了直身子接着说，要是坐飞机，几个小时就到了。坐火车的话，得坐几十个小时。他母亲和他在一起的时间不就多了吗？这在一起的时间多了些，是不是就能多看他无数眼了。

任是谁也没想到，不坐飞机的秘密居然是这个原因。一时间，现场沉寂了。直到在董事长猛然间的号哭声中，大家才突然明白，不坐飞机的背后，是一个关于母亲对儿子思念的秘密，亦是这世间最难解的谜题——母爱的谜题。

因为爱，所以无需结果

1923年5月，杭州因为时值梅雨季节，空气中四溢着江南独有的闷热潮湿之气。那月8日，人流熙攘的杭州火车站，一个身着灰布长衫、鼻梁上架着玳瑁边近视眼镜的中年男子刚走到站外，便搭车直奔位于杭州城南烟霞洞边的清修寺。这名男子不是别人，正是当时声名鹊起的北大教授、中国新文化运动发起者之一的胡适。

清修寺里，当他一眼看到那个与己相约于此、令他魂牵梦萦的曹佩声时，数年的相思之苦滑过心头，竟无语凝噎，直到沉默久久，才哽咽出一句："佩声……"

彼时，两人于江南的楼台烟雨、碧伞红灯间泪眼相看，泣不成声。

6年前，出于对母命的尊重，心不甘、情不愿的胡适，怀着郁闷的心情回到了家乡，迎娶早在儿时就已经订了婚的江东秀。婚礼当日，在亲朋好友的祝福声中，胡适的脸上只是牵强地挂着笑容，而心，却血流成河。那时那地，无一人了解到他笑容的背后竟隐藏着那么多的无奈和酸楚。

就在胡适强装笑颜，内心急盼婚礼早点结束的时候，生命中的春天却悄然间绽放在了他的面前。新娘子被搀扶上来的时候，胡适的眼睛突然一亮，倏地散发出炽热的火焰。原来，吸引胡适的并不是身着凤冠霞帔的江东秀，而是她旁边的小伴娘——曹佩声。

那一瞬间，清秀出尘、淡雅高洁的曹佩声丝毫没有因为伴娘的角色和普通的衣裳而被遮掩，电光石火间就让胡适的心，像是久阴的花儿，乍一逢春便砰一声开了。而面容俊秀、举止文雅的胡适，亦让曹佩声投来了倾慕的目光。

就是那一天，他和她，便在各自的心田播下了爱的种子。然而，他们却不知道，要想使这颗爱情的种子发芽，却又是何等困难。

很快，因为家规森严和思想束缚，心头爱如潮水的胡适终究还是暂时搁浅了这段爱情。而翌年冬天，曹佩声在家人的强行安排下，嫁给了从小就订婚的同乡胡冠英。

1920年，曹佩声考入杭州第一女子师范学校，胡冠英进入浙江第一师范就读。那时起，仿佛胡适与曹佩声之间，便注定要从此两两相隔了。然而，命运却不久又出现了转机。

曹佩声因为一直在外求学，婚后4年里久久未能生育，引起了婆婆的极度不满，并以此为由，给胡冠英在家乡娶了一房小妾。这件事让当时已

总有一种爱润物无声

开始接受新思想的曹佩声大为恼怒,并一气之下决定与胡冠英离婚。离婚后的曹佩声,继续在杭州第一女子师范求学,却还不知道让饱受包办婚姻之苦的胡适心中又燃起了希望之火。曹佩声离婚后的第二年,一个春光明媚的日子里,胡适出现在了杭州西湖边上,见到了数载未见的曹佩声。

彼时的曹佩声,早已不是当初那个羞涩的小伴娘,而是一个亭亭玉立的女学生。离婚后的她,伤感之余,却又带着些许乐观,更是让胡适沉迷不已。

"十七年梦想的西湖,不能医我的病,却反而使我的病更厉害了……这回来了,却觉得伊更可爱,因而舍不得匆匆就离别了……"这是胡适为曹佩声写的一首名叫《西湖》的白话小诗。其间,"伊"明写西湖,却暗指曹佩声。不是西湖可爱,而是人更可爱。此中情意,除了时年21岁的曹佩声能够知晓,旁人又如何能够了解?

匆匆一见,却又匆匆一别。离开杭州后的胡适,一直寝食难安,郁郁寡欢。虽人在上海,心却依旧留于杭州。而已在诗歌中看出胡适情意的曹佩声,亦是按捺不住久存于胸的情感,日思夜想地牵挂着胡适。

后来的日子里,两个人的爱情,便在鸿雁传书中渐渐升温,且愈发不可收拾。渐渐地,两人又见了面,每日寄情于烟霞,托意于山水,闲时品香茗,乐时看星辰……杭州的山山水水间,都留下了他们爱的足迹。更不久,两人就同居到了一起。

1923年,胡适邀请好友、著名诗人徐志摩来杭州游玩。洞察力极强的徐志摩,仅一眼之间就看出了胡适与曹佩声间非同寻常的关系,并且鼓励胡适在婚姻上要有"革命"的勇气,冲破礼教的束缚。

年底,回到家中的胡适,因为母亲早已去世,不用再遵母命敬孝道,毅然向江东秀提出了离婚。而在此之前,徐志摩已经把胡适与曹珮声相爱的事情传开了。所以江东秀早有准备,拿出剪刀以死相逼。无奈,面对以死相挟的江东秀,胡适退却了。

就这样，胡适与曹佩声的这段爱情在寒风中渐渐消逝，且胡适再也不与曹佩声往来。然而，泪眼潸然的曹佩声却始终不能将胡适忘怀，始终将对胡适的爱珍藏在心底，且做出了一个令所有人都大吃一惊的决定：为了胡适，终身不嫁。

起初，谁都以为曹佩声只不过是闹着玩玩。得知后来她居然当了真，对此都感到难以理解。毕竟，何苦为一个已经是人夫的胡适而弃自己一生的幸福于不顾呢？况且，即使你终身不嫁，这种傻得至极的爱，又能有什么结果呢？

曹佩声不顾他人的非议，一如既往地把那份爱珍藏在心里，不需要对人言，不需要有结果。她的爱，始终继续着，直到1962年胡适逝世都未停止过。

胡适去世后第三年，位于胡适家乡安徽绩溪的杨林桥被山洪冲毁，曹佩声不顾众人反对，拿出自己所有的积蓄重修了杨林桥。她说，那是胡适家乡的桥，不能被冲毁。

岁月无情，红了樱桃，绿了芭蕉。终于，曹佩声不久之后也抵不过光阴的流逝，临终前唯一的遗言，就是要求把自己葬在杨林桥边上的小路旁。这个决定，理由只有一个：那是胡适回家的必经之路。

旧爱归来

那个动乱的年代，他以一支画笔在上海滩的十里洋场中有了立足之地。那时的他，面如冠玉，玉树临风般，加上一支生花妙笔，他的画，自然赢得了灯红酒绿中的贵太太们的青睐。

总有一种爱润物无声

那天,他正在家中提笔欲画,悄然间,她便来到了他的面前。云鬓高梳、顾盼生姿的她,头顶上的凤钗真的犹如活了的凤凰,一动一动间,让他的心,第一次如烟花般绽放开来。

他应了她的要求,来到她的家中作画。他画她的书房、香闺,还有院子里一树一树洁白的梨花……他画得最好的,还是她的样子:明眸流转,粉面含春。

她喜欢他的神来之笔,他喜欢她的饱读诗书。自然,越来越多的来往间,他们便如多数爱情小说中所描述的那样,亦相爱了。

他们的爱,并非如他们所想的那样顺利。他是一个穷画家,又怎么能高攀上富家女的她?他的卑微,又怎能赢得她父母的默许?

一段日子里,他再也没有得以和她相会。她的父母,严令她不许走出家门一步。而且,派人砸了他小小的画屋,烧了他的心血之作,让他三日之内离开上海滩。他知道,他们说得到,亦做得到。

三日限期很快到来,他并未有太多的难舍,毕竟,他和她,因为身份、地位,今生或许无缘了。他收拾了一下简单的行囊,撑一把油纸伞,出了小屋,行走在雨幕中。蓦地,他的身后,传来了叫他的声音。他的心,一激灵,回首,竟真的是她。

她笑着说,她有好几个姊妹,父母也不单单是疼她一个的。她闹了闹,父母便没了辙,便任由她胡来了。说到这里,她忽然又幽幽一叹,只是,从今以后,恐怕再也不能回家了。

他揽她入怀,泪水滴落在她的肩膀。他知道,她哪是简单地"闹了闹"呀。明显地,她是被父母赶出了家门。他哽咽着说,我不承诺给你多少幸福,但我保证,有苦,我陪你一起受。她听了,把头使劲地点了点。

之后,她随着他回到了他的老家四川。婚后的贫困,与他们初识时的浪漫大相径庭。她的脸,由吹弹可破变得粗糙;她的手,由嫩如葱白变得生满老茧。整个人,也由以前的超凡脱俗,变得满是烟火气。而他,再也

难操画笔。他的画，在贫瘠落后的家乡根本就无人欣赏。手无缚鸡之力的他陷入了痛苦之中，为没有给她幸福的生活而自惭。然而，她依如当初爱他时，丝毫未因他的贫穷而表露出丝毫的不满。这种爱，便在平淡之中一直延续了下去。

有了孩子之后，他们的生活更是显得捉襟见肘。加上年年战火，有时甚至因为一顿饭，全家就会落入窘境之中。后来，他们又有了第二个孩子，正在坐月子的她，急需补充营养。他看在眼里，急在心里，想尽了一切办法，给她做了热腾腾的老鸡汤，端到了她的面前。

她接过碗，诱人的香气，使她情不自禁地喝了一大口。谁知道，鸡汤刚出锅，热得很，烫得她竟惊叫出口，手里的碗也摔落在了地上。看着洒落一地的鸡汤，她忙怪自己。而他，更是连声责骂自己不小心，没有顾得上将汤凉一凉。自她跟了他以来，他就没给过她一天好日子。唯独这次，却还因为自己的一时大意，让她被烫了。那刻，他对她承诺，以后，不让她再受一丁点儿的委屈。

从此，每吃一顿饭，他都习惯性地将饭菜放在嘴边吹了又吹，直到认为可以入口才放在她的面前。尽管有时候，这种做法完全没有必要。但她也不阻止，只是笑着看着他。她知道，爱一个人，就要给他为她付出的机会。也许这样，能让他稍稍心安。

这种习惯，一直在贫穷而枯燥的生活里甜蜜地持续了几年，直到有一天傍晚，她再也没看到他砍柴归来的身影。

听人家说，他不知在哪儿偷了一件军服，一时兴起，乐滋滋地穿在了身上，竟被当成了逃兵抓了去。她如闻晴天霹雳，顿时昏厥在地。

没有他的日子里，她以瘦弱的肩膀撑起了整个家庭。幸好，孩子稍大了，异常懂事，亦能为她分担点负累，且万分孝顺。其间，她从未放弃过对他的打探，但都无果而终。好像上天注定，这辈子，她与他无缘再见了。

总有一种爱润物无声

偶然的一次，她听说有人在江西看到了他，她便带上儿女，远涉千里寻夫。可还是迟了一步，他已经随着部队转战到他乡。她问破了嘴皮子，磨坏了鞋，又奔走了好多地方，但都没能寻得他。无奈，她又辗转在江苏落了户。很多人劝过她放弃这份爱，重新找个好婆家嫁了便是。但她都一一谢过别人的好意。她说，她一定能找到他，一定能。

新中国成立后，又过了好多年，直到20世纪90年代，有一次，她无意间在电视上的一个访谈节目里，瞥到了病床上的他。尽管电视上的他，已经头发花白，面目沧桑，但她还是认出了他。已经伛偻的她，告别了满堂儿孙，带着欣喜的泪花，孤身一人又踏上了寻夫之路。三个月后，她联系到那家电视台，又几经辗转，终于找到了他所在的军队大院。

他坐在轮椅上，面无表情，只是痴痴将目光定格在某一个点上。部队里的人告诉她，年迈的他，已经精神失常，意志模糊了。而且，帕金森病使他只能在轮椅上度过一生了。她泪如雨下，苦苦证明自己是他50多年前的妻子，哀求能带他回家。她的话，感动了部队的领导。在核实查证后，部队领导终于答应了她的请求。

她把他带回家中，儿孙们对此都很不理解，都说他在部队里有国家奉养着，犯不着把他领回家添麻烦！更何况，随着几十年的征战和岁月的洗礼，加上他已是身有重病、精神失常之人，恐怕早就忘却她了。素来和气的她，第一次为此大发雷霆。

事实亦如此。他只懂得静静地坐在轮椅上，傻傻地看着面前的人，丝毫没有表现出一丝一毫对她的印象。而她，对此却毫无怨言，仍旧一如从前，精心爱着他。她的脸上，终日阳光盛开。

那年春节，按当地风俗，大年初二要吃小笼包子。当她笑着对他说，宝树呀，看你的小玉吃包子哩。她正要把热腾腾的包子送往口中时，却看到他的眼睛里闪过一抹灵光。蓦地，他的臂膀一动，抢过她手中的包子，放在自己的口边，轻轻地吹了起来，嘴里还喃喃，小……小玉莫吃，凉一

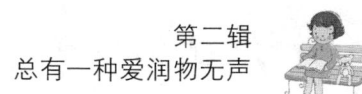

凉才好！她突然大哭出声，泪水汹涌而出。那一刻，她知道，她的爱，回来了。

遇见青春遇见你

读初三那年，班主任是一个年过半百的老头。和以前一样，我们这些"嫌老爱幼"的捣蛋鬼，再度把充满希冀的翅膀折断，把自己重重地摔落在现实的地面上。我们知道，盼星星，盼月亮，希望能盼来年轻的美女老师，或者来个帅哥也好的这种愿望，在初中阶段算是完全破灭了。

我们带着已经习惯了两年的失望，在历经开学初的几天折磨后，慢慢地就平复了心情，继续投入在波澜不惊的生活中，和我们背地里叫他"范老头"的班主任为了生活而生活。

记得那是初三的第一次班会课上，范老头突然向我们征求意见：以后所有同学之间，不许直呼其名，得把姓去掉。什么意思呢？打个比方，假如某人叫陈展源，就直接称呼其为展源；某女生叫张诗雨，就叫她诗雨。如果遇到姓名本来就两个字的怎么办？直接把姓后面的那个字改为叠字，例如，陈童就成了童童，林月就被叫作月月。总之，不许带姓叫。

范老头说完，我们都面面相觑，怀疑范老头今天是不是哪根筋搭错了。要知道，20世纪90年代初期的中学还是很封建的，别说"童童""月月"这么亲昵的称呼，就连有时候跟异性说个话，我们都得防贼似的防着老师。而今天，范老头居然如此主动要求我们？

这样的要求，自然得到万众呼应。看着窃喜的我们，范老头一笑，说，只可内部称呼，不可外传。那是自然——我们把头点得跟小鸡啄米般。

自打那次之后，我们都有这么一种感觉，和范老头之间的距离仿佛近了一些。这在以前，我们和班主任、老师之间，是从来没有过的。当然，这种亲昵的称呼，我们是没人敢用在范老头的身上管他叫德旺的——他的全名，叫范德旺。

那段岁月里，当我们彼此叫着对方的昵称时，在新鲜的同时，居然话音里还隐藏着一丝激动。

令我们万万没想到的是，惊喜还不止如此。

不到一个月，范老头问我们，在班级里有没有欣赏的异性？如果有，不妨把他或她的名字写在纸上交给他。起初，我们是不敢这么做的。我们觉得，这简直是找死，谁会傻到将自己欣赏的名单主动供给他呢？

但是后来，范老头两招就让我们低头了。第一，范老头用了激将法，说我们居然懦弱到不敢将自己欣赏的人的名字说出来。第二，范老头用他那细小的老鼠眼，充满情真意切地扫向我们，嘴里还说，相信我，没事的！我们被他那眼神给融化了，就抱着试试看的想法答应了他。当然，我们当时每个人都想，即使有事，那法也不能责众吧。

我们既紧张，又兴奋，颤抖着双手，互相提防着同桌，用手遮掩在纸上方，各自写下了自己欣赏的异性。写之前，尽管范老头着重强调，是欣赏，不是爱！但是，那个时代里，那段岁月里，谁的心底没有一个倾慕的人呢？欣赏就是爱嘛，不爱，又怎能欣赏？所以，我们写下的都是彼此爱慕的人的名字。

范老头把一张张纸郑重地堆放好，小心翼翼地揣在怀里，居然调皮地向我们一笑，然后便挥挥衣袖，不带走一片云彩地走了。他那一笑不打紧，除了几个胆大的说，为了爱，谁都不惧。其他人，都被吓得自认为是上了范老头的当，以后有苦日子过了。

然而，我们再一次误会了范老头。

我们慢慢发现，在以后调整座位时，很多人的位置都悄然发生了变

化。有相当一部分人彼此的同桌，竟然就是上次写的互相倾慕的人。而更绝的是，范老头下了一道死命令：每门学科，每节课后，每个课余的时间段，彼此间都互相检查对方一天的学业。

范老头说的时候，满脸轻描淡写。他却不知道，他那副云淡风轻的小模样，却给我们造成了多大的麻烦——学习努力的，比以前更加努力了；学习不努力的，变得努力了。即便是班级里几个死活都不学习的顽固分子，也每天都抱着书本偏安于一隅啃读起来。试问，谁想在自己欣赏的人面前丢脸？谁又想自己这一对输给另一对？

其实我们经常也在讨论，范老头怎么就这么大的胆，敢如此"大逆不道"地出这么多奇招怪招？要知道，这些事要是让学部主任知道了，他肯定是要挨训斥的。要是被校长知道了，说不定就会卷着铺盖走人——他只是一个代课教师，没编制的。我们更不明白，这范老头葫芦里到底卖的是什么药，他到底是想要我们做什么？范老头不会白白地给我们这些天上掉下来的馅饼，他一定有所求、有所欲。

然而，直到我们快要初三毕业了，范老头都没对我们提过什么"回报"。我们唯一给他的回报也是主动自发的，亦是潜滋暗长的——学习方面，我们像是吃了灵丹妙药，范老头在教育教学管理上和其他班的班主任一样，甚至比他们还轻松。但令他们羡慕嫉妒恨的是，我们班的成绩却远远胜过别的班级。

中考前的第二个晚上，整个年级都在临阵磨枪。彼时的中考，隆重的阵势，是丝毫不亚于现在的高考的。第三节晚自习时，范老头鬼鬼祟祟地到了班级，又鬼鬼祟祟地问我们，最近都学累了，想不想来点新鲜的娱乐节目？

我们异口同声地说想，他马上把手指放在嘴上——"嘘，小声点！"

范老头带着我们，猫着腰，一个个贼似的摸到了学校餐厅的二楼。大家都不知道下面会发生什么事，但谁都有一种预感，一定会如范老头所说的那样：刺激、新鲜。

　　餐厅二楼黑灯瞎火的，范老头打开随身带的小手电，将光线贴着地面射出去，这样，楼下的人就不会发现光亮。范老头嘿嘿笑了几声，压低着嗓子问我们："小兔崽子们，以前我给你们讲过的那个交谊舞还记得吗？"

　　我们傻愣愣地只顾点头。

　　随着轻柔的舞曲飘入耳朵，范老头打开了收录机，沉声说："跳吧，跳完咱得抓紧回去！"

　　我们这才反应过来，各自结对，我们踩着极度不成熟的舞步，在水泥地面上来回转动。那晚，我们第一次如此近距离面对面地牵着异性的手，甚至能感受到对方因为紧张激动发出的喘息声。那晚，我们彼此好多次踩着了对方的脚，但没有一个人叫出声来。我们跳着、跳着，而范老头就猫在窗口那里，随时注意着下面的动静。有人偷偷看到，范老头一面望风，一面偷偷笑着，脸上洋溢的满是幸福和怜爱。

　　数支舞曲作罢，乍然停下的我们才感到眩晕，差点没能站稳。范老头领着我们走出餐厅，催促我们赶快回宿舍。临别时，走了几步的他突然回头，露出一口大黄牙问我们："我好不好？"

　　我们瞬间就泪崩了，每个人在心底里都应了一句："范老头，你挺好的！"

　　次日我们听说，校长问及范老头，全年级都在自习，怎么唯独缺了他的班级？范老头说话掷地有声："拉出去操练，考前动员，潜能培训！"范老头也真能耐，撒起谎来都理直气壮，连个红脸都没有。

　　那年中考，我们班考取县一中的人数，占了全年级的三分之一。考上其他高中和师范的人，也数我们班最多。当然，也有七八个落榜的人，最终回家去了。不过，他们都说，刚入初三时，满以为中考时几门功课加起来不会超过150分，谁曾想竟然考了近300分，几乎翻了一番——尽管没考上，想想也很美。

从那时，到现在，这么多年来，其实我们在心里都曾感谢过这个聪明又可爱的范老头，谢谢他在那个年代里，为我们那种早就被注定的宛如一潭死水的青春注入了活力，感谢他在我们那段如同嚼蜡般的青葱岁月里，给我们提供的一道又一道精美的菜肴，拼成了一桌桌至今难忘的盛宴！

我们知道，那桌盛宴，只关青春，无关爱情！

德旺，谢谢你！

总有一种爱润物无声

去年，表妹考上北方一所大学，我和姑父送她去机场。

到了机场外面，姑父把车停好，便让我帮表妹提着行李，送她去登机。而他，在车上就不下去了。我说，以后，表妹一年就回家一两次，您不把她送到登机口？表妹在旁也连连点头，嘴巴噘得老高，说姑父没心没肺。姑父笑笑，点燃一支烟，深深吸了几口，还是冲我摆摆手，说表妹都这么大个人了，又不是小孩子。看他执意如此，加上眼见着时间所剩无几，我和表妹不再和他置辩，提着行李匆匆往候机室里奔去。一边走，表妹一边泪眼婆娑地回头看车屁股。

候机室里，表妹眼泪汪汪的，她告诉我，自她进入高中之后，就发现姑父对她的疼爱越来越淡薄。小时候，姑父常把她举在肩头，还用胡子扎她白嫩的脸蛋。进入初中，每次回家，姑父都是把她抱起来转几圈，而她，亦是每次都给他一个甜甜的吻。但到了高中，可能因为学习任务繁重，自己一个月才回家一次。而也可能正因如此，父亲便不像以前那样对她亲昵了。起初，有时也会怀疑自己是不是多虑了。但今天，眼瞅着要坐上飞机去一个陌生的城市，但父亲宁愿一人坐在车里抽烟，也不愿送送自己。

总有一种爱润物无声

表妹还说，刚才她边走边回头的时候，她满以为父亲会下车目送她。可是，父亲居然还是待在车里。

我安慰表妹，姑父终究是个男人，你越来越长大，成为大姑娘了，他肯定不好意思再像小时候那么对你亲昵。更何况，姑父本身是一个内敛的人，性格比较木讷。我表面上这样安慰，但说真的，内心里也怪姑父，最起码应该陪我们进入候机室。

二十分钟后，表妹走了，我回到了车上，便和姑父说了我们刚才的对话。姑父一声长叹说，我这人最不能见的就是道别，所以我从来不去车站、机场的等候室里。因为，我怕忍不住，就会落下泪来。

我明白了，原来姑父虽然性格木讷内敛，但情感丰富细腻得如女人般，见不得聚散离合。我又说，表妹边走边回头看，想看你会不会下车目送她。

姑父的眸中突然溢出泪来，说："她不知道，她一路走，我一路在注视着她。"姑父顿了顿，指了指车外的后视镜，补充道，"从后视镜里，我一直看着她哩。"

原来，他表面上装作无所谓，其实却一直在后视镜里凝视着女儿。细细想来，其实这世间有多少父爱，都像姑父这般默然不语，却又润物无声。

唯对亲情不能视若无睹

他年轻的时候，白衣胜雪，潇洒不羁。

他说话的时候，总是眉梢上扬；他喝酒时，一碗咕噜下肚，道声"好酒"；就连抽烟，也是斜叼在嘴角，双手插在长裤的口袋里，浑身傲气。

他就是一活生生的翻版梁山好汉！村里人总是爱这么说他。

他婚后，正是25岁的热血年华，好些习惯仍未改变，反倒变本加厉起来。他酗酒，常和三五好友推杯换盏，半夜才归；他嗜烟，常是这支燃罢，那支登场。

有了第三个孩子时，他年届不惑。得知第三个孩子是个带把儿的主儿，高兴得独自喝了一斤白酒，醉得人事不知。也是从那个时候，他买了一辆货车跑长途，喝酒应酬，抽烟解乏更是常事。

50多岁的时候，两个女儿都已出嫁，逢年过节回家探望，知道他就那点爱好，动辄也烟酒提回家，乐得他逢人就讲她们孝顺。他喜欢去村里的老年人俱乐部，打两圈输赢不大的麻将，下几盘象棋。几个老头烫一壶老酒，点上香烟，加上几个小冷菜，乐呵呵地开始吃喝起来。常年的酗酒抽烟，他的肝和胃就是铁打的也禁受不住，慢慢地，一些毛病就出来了。他被查出，有轻度酒精肝迹象，胃病也越来越严重，还有在B超下清晰的已经熏黑了的肺，子女看了都胆战心惊。他倒好，满脸不在乎，说："生死由命，富贵在天。"

他常以"生死有命富贵在天"的说辞来为自己找借口。70岁的时候，他常一个人手里夹着烟，在小河边踽踽独行。都那么大年纪了，一遇到热闹场合喝酒，席间还是会和别人抬杠，和年轻时一样，一个高兴就端起小碗一饮而尽。

没办法，他就那个执拗性格——从年轻到如今，一辈子都这样。母亲这样评价他——我的父亲。

本以为父亲就这样一辈子和烟酒结缘了。但谁都没想到的是，父亲73岁时突然戒烟戒酒了。本以为他是说着玩玩，但事实上他真的做到了。先是连续三个月没沾一滴酒、一支烟。接着，半年、一年……

父亲戒烟戒酒的决绝，是我们断然不会想到的。他对烟酒什么样的态度，我们最清楚不过。只是，到底什么原因能让执拗的父亲突然戒掉烟酒的呢？这个答案，父亲始终笑笑不肯说，我们也始终猜不透。只有母亲背地里笑着跟我们讲，人一老，就会怕死。

事实证明母亲猜中了。父亲的挚友老段告诉我们，父亲有一次听说村头的村长因肺癌去世就和吸烟有关，家里花了个倾家荡产也没能挽回性命。父亲当时听说了这事，当即就愣住了，脸色煞白煞白的。老段还说，父亲当时就掐灭了手中的烟头，还当即就表态，从此戒烟戒酒。那些老头，齐刷刷地笑他江湖越老，胆子越小。

父亲和母亲散步的时候，和母亲讲了村长的事，说自己确实害怕极了。只是，他害怕的倒不是性命，而是怕因为烟酒引起的大病，会给子女添上无数负担。父亲对母亲说，总不能因为自己的这些坏习惯，让孩子们遭罪吧。

父亲一生，潇洒坦荡，亦庄亦谐。40多年的烟龄酒龄，就因为怕万一遭遇大病给子女添负担而说戒就戒了。

他嗜烟好酒，可以将自己的生命弃之不顾，却不能对亲情视若无睹。

我庆幸，我哭过

在一节以《幸福的童年》为题的作文课上，我让他们说说童年的幸福在哪里。话题一抛出，教室里就炸了锅，他们纷纷举起了小手。

答案里，他们的童年幸福竟出奇相似：电视、电脑、手机、iPad、看电影、游乐场，住楼房、坐轿车。稍整理一下，一部分大致就是吃好住好行好，另一部分可以归结为：数码童年。

正准备总结归纳，其中一个小调皮突然扯着嗓门问我："老师，你的童年一定很苦吧？"他这一冒头，惹得小家伙们都来了兴致，纷纷"叫嚣"着让我讲讲童年的苦。

这群小鬼知道我是半个城里人——土生土长于农村的我，因为调到城区工作，才不得不耗尽积蓄在小城里买了套房。他们的印象中，农村孩子的童年想必是很苦的。

我告诉他们，读小学时，我家距离村小五六公里远，途中还有一片坟地。每天放学时，天色都快黑了。胆小的我们，三五成群，穿过坟地时都扯着嗓子唱歌：鞋儿破，帽儿破，身上的袈裟破……我们以此来壮胆，为了撑面子，还故作潇洒慢慢地走过坟地。有一次，天黑得比以往要快，只见白盈盈的月光下，浅浅的雾气正在氤氲，一声猫叫从坟地里传来，吓得我们只恨爹娘少生一条腿，一路上哭着跑回了家。

小时家穷，穷得惊心。快小升初考试时，父亲为了给我增加营养，去邻县的田野里抓野兔，我也闹着去了。田野里，天地无声，四下寂静，只有不知名的小虫在唱歌，父亲带我在田野里蹲守了6个小时，在天色将亮时才逮了一只兔子。睡着了的我被父亲的喜悦声惊醒，然后便拎着兔子，踏着草香，披着黎明的薄纱，向30公里外的家走去。来时，我是哭着来的，因为太累；回时，我还是哭着回去的，因为父亲熬红了双眼。

我讲了因为拿砖头换冰棍被发现而挨打的事，也讲了我们趁夜色偷西瓜的糗事，还讲了为了轮流玩俄罗斯方块，五六个人在一个寒冷的冬夜，猫在一间小屋里被冻得簌簌发抖的情景。还有夏夜里，连个电扇都没有的我们被热哭，只好东家喊张三、西家叫李四，一起去芦苇地看萤火虫的情景。

我把童年的清苦一股脑儿倒给他们，他们并没嘲笑那个时代的老土和贫瘠，而是第一次那么严肃、认真地听我讲话，眸子里透出的光彩竟仿佛要越过明亮的教室，刺破外面浓浓的霾，穿透钢筋铁骨的城市，延伸到很远处。

有个孩子对我说："老师，你的童年才幸福哩！"

我反问："哪里幸福？"

这个孩子居然这样回答："因为你哭过！"

我明白他的意思，只是他不会表达而已。看着这群一直身处花房的花朵，又想到一开始他们口中所谓的童年幸福，我在内心里也暗自说："是的。我庆幸，我哭过！"

我的暖，一寸长

这个身着工作服、满身油漆和泥土，满面灰尘，40岁左右的中年男子。一看他的那身打扮，就知道是一个从乡下进城务工的农民工兄弟。

他隔着车窗，朝我弯着腰，腼腆地笑着，给我递了根廉价的香烟。

看我接了烟，他大喜过望，慌忙从兜里摸出打火机帮我点上，且咧开大嘴一笑，说："大哥，您是几天来第一个接俺烟的呢。"

我一听，就有点蒙：难不成，他都在这好几天了？还就是为了递烟给别人抽？

他好像瞧出了我的心思，又是憨憨一笑，说："俺这烟差，你们城里人瞧不上眼。您是第一个接俺烟的人，俺激动哩。您绝对是一个瞧得起俺们乡下人的好人。您说是不，大哥？"

"有事吗？"我笑笑，为这个中年男子的"油嘴滑舌"。

"是这样的，大哥，"男子搓搓手，不住地点头，"俺就是想，能坐坐您的车不？"

"你要到哪里？"我轻轻皱了皱眉，不是我小气不让他搭车，而是他那一身的油漆和泥土，实在是让我心有芥蒂。

"不不不，"他把头摇得像拨浪鼓，"俺哪儿也不去，就在上面坐一会儿就行。今儿不坐，就明天坐一回就行，还是今儿这个时间。"

说完，他那布满血丝的大眼睛，充满着乞求的眼神。

我犹豫了一下，还是点了头，说，行！我话音刚落，还没来得及问他我心中的疑惑——他为什么要求只在车上坐一会儿？

看到我点头，听到我说"行"，他一连向我说了几句谢谢，哈了几下腰，高兴得连忙奔向校门口。临走前，还特意向我车前的车牌望了一眼。

翌日，他准时到了学校门口。看我在，他一脸兴奋，轻轻坐上了副驾驶座位，和我聊了起来。

还没聊五分钟，放学的孩子们便冲出了校门。他透过玻璃，紧张地看着人流。半晌，他飞快地打开车门，站在车旁大喊着。一会儿，一个小男孩跑到了他的面前，他叫小男孩喊了我一声"叔叔好"，然后还介绍说我是他在城里刚认识的朋友。他递了根廉价香烟给我，便将孩子放在自行车上匆匆离开了。临走的时候，他望向我的眼神，充满了感激。

我实在不明白，他为什么只坐这么一小会儿。答案，直到三天后在学校门口，他才告诉了我。

原来，他的孩子刚进城读书，很多小朋友都瞧不起他的孩子，也瞧不起他这个这个农民工父亲。时间久了，孩子的心里阴影很深，甚至觉得这个社会都冷落了他和父亲。

"我想让孩子感觉到你们城里人跟俺们乡下人也亲，让他心里暖和些！俺没钱，就指望着能在这些小事上给他关爱，不想让一些现实伤了他的心。"临了，他搓着手，憨憨地对我笑说着补充，"俺不中用，就指望着像这样，一点一滴地去爱护他！"顺着他手指的指向，我看到了他从校园里出来的儿子。

"一点一滴地爱护他!"这句话,这个愿望,朴实至极,却又高贵温暖!

那些思念的划痕

他缩在小区地下停车场的一个角落里,已经足足有两个小时了。他是铆足了劲,今晚一定要将划他车的凶手给抓出来。所以,尽管气温已经到了零下,尽管他已经被冻得瑟瑟发抖,他还是一直在撑着。

一个月前,他发现自己的爱车不知道被谁划了一道浅浅却长长的划痕,满以为是谁不小心造成的,只要修补好就行。可谁知道,隔几天后,车上又添了新的划痕。此后,隔三岔五,都有新的划痕在他的车上。更可恨的是,这个凶手很嚣张,每次作案后,都会在车窗上留下一纸条,上面歪歪扭扭地写着一行大字:是我划你的车的。字条末,并没有落下署名。

因为小区刚开发不久,地下停车场还没有安装好监控设备,所以无法调阅监控。前几天,实在气愤不过的他终于报了警,警察也来现场看过,说会密切关注这个事情。可就在警察走的当晚,他的车又被划了。他怒发冲冠,决定不再苦等警察调查的结果,自己要埋伏起来,一定要亲手抓住这个凶手。

他已经连续埋伏三晚了,但都无果,而今晚,已经是第四晚了。就在他被冻得牙齿上下作响,想到车里继续埋伏时,他突然听到了一阵脚步声——因为小区刚开发,自己又是最早入住的,所以这个地下停车场总共也就那么几辆车。现在,单独的脚步声响起,让他立马一激灵——凶手出现了。

他的视线里，一个八九岁的小男孩出现了。就在他为自己猜测错误而哑然失笑时，这个小男孩却径自走到他的车前，旁若无人地从口袋里掏出一样东西，在他的车门上划了一道长长的印痕。

他做梦也没想到，这个作案已久的凶手居然真的是这个小男孩！如果不是亲眼所见，他是怎么也不会相信的。

他抓住这个小孩，怒气冲冲地问："为什么要划我的车？"原以为这个小男孩会被吓得哇哇大哭，谁知他却一脸平静，兀自睁着一双大眼睛看着他。

无论他再怎么责骂这个小男孩都无济于事，小男孩只是低着头，任凭他嗔怪。他知道，再怎么责骂这个小男孩都没用，重要的是得找到他的家人。问清了地址后，他带着小男孩，到了他的家里。

门开了，打门的是一个白发苍苍的老婆婆。听他道明来意，老婆婆也气不过，抓过小男孩就打。他虽然有气，但也怕孩子被打出什么好歹来，便赶紧拉开了老婆婆，让她坐下来协商一下赔偿的事情。

老婆婆听说要赔偿，吓了个不轻，告诉他，小男孩的爸爸几年前去世了，小男孩的妈妈为了使这个家不塌，在外地打工，只有她一个老婆子拉扯着小孩。如果要赔偿的话，估计得要多少钱？

他看着老婆婆一脸的紧张，心里道："我这宝马，一道划痕就得上万，非得让你们知道厉害不可。"不过，恨归恨，他还是奇怪，这小男孩为什么要好几次划他的车，而且就认准了他的车来划，别的车却一概不沾。

小男孩告诉他，因为其他几辆车的车主都是女的。小男孩还补充说，其实自己早就想被他抓到了。只是，每一次划他的车之后，他都不报警。后来，他报警了，警察却还没有找到小男孩的家中。

他奇怪，问小男孩为什么要这么做。小男孩低下头去，嗫嚅道："以前，我要做错事，爸爸会批评我，责怪我。爸爸没了，没人再责骂我了。

我想……我想……能有个人批评我，责骂我……"

他听了，顿时明白了前因后果，他只觉得眼睛里是一阵一阵刺痛，便连忙转身出门，狠狠地抹了一把眼泪。

肥肉和瘦肉

晨起在公园漫步，感觉乏时，眼见附近有一长椅，便在靠近长椅处的大石上休息。其间，我被长椅上的一对情侣的对话吸引住了。

男人四十上下，女人大抵也差不多年龄，正是相当的年华。彼时，女人偎依在男人怀里，柔声细语，你侬我侬，好不羡煞旁人。男人突然低眉问道："你是喜欢奥迪，还是宝马？"

男人说这话的时候，却让我原本云淡风轻的心骤然波澜四起，甚至是有点怀疑与不屑——并非我以貌取人，而是这对情侣的衣着确实寒碜，男人不修边幅不说，就是女人也颇给我不重修饰的感觉。他们身前的那辆电瓶车，也仿似经过年轮碾滚过多遭的模样，残旧不堪。他们的仪表，若让我与奥迪宝马相联系起来，着实让我感到不敢相信。除非，他们就是传说中的那种"低调者"：外貌低调到尘埃里，生活却远远高于尘土之上。

想到这里，女人突然仰起头，眉宇间爬满了欢喜，娇声说："奥迪宝马都行。"话声刚落，只见男人蓦地俯下身子，将身体与地面几近平行，然后昂头前视，且慢慢前行说："宝马来啦！"语毕，面容骤然变得凶狠，宛若虎啸山林，龙腾四海，威猛十分。联想起他的话，细细一看，却真的像是宝马汽车的前脸那般凶狠。少顷，男人又把身体微拱，脸略微抬起，臀稍稍后翘，又说："奥迪来啦！"

不管"奥迪"也好，还是"宝马"也罢，男人在扮演的时候，女人都显出自内心的高兴。她轻轻骑在男人身上，低眉欢喜，仰首欣然，嘴里兀自乐呵呵笑个不停。我于一瞬间看出，男人女人心中的宝马奥迪，原来尽是生活中的真谛——诸多平实的细节，也可以通过美好的憧憬而演绎得如此浪漫真实！这种感觉，绝非痴人说梦般的花前月下，而是那种真实的来源于生活的浪漫！

台湾作家张晓风亲历过一个故事：有一人欠人家钱，因为着实捉襟见肘，所以几年未还。债主实在不甘心，在吃年夜饭时附在他家门外偷听，想知道她家是真没钱还是假没钱。开饭时，债主听到欠债者说：

"大过年的，我们大吃一顿吧。孩子们来说说，是想吃肥肉，还是吃瘦肉？"

门外的债主心里那个气呀，心里想，你欠我钱死活不还，居然还在吃肉上挑肥拣瘦？一气之下，债主便冲进屋里。等到他跑到桌前一看，哪里有肉？桌子上，只有一碗萝卜，一碗红薯酱。欠钱的人站起来说："没办法，大过年的，我得过好这个年才是正经事。所以，番薯就是瘦肉，萝卜就算是肥肉，小孩子嘛，又不太懂！"

债主心软了，心一横，啥话也没说，就冲出了房屋，半个"钱"字都没提。

这个世间，缺的不是灯红酒绿的繁华热闹，而是平实简单的乐观与感动。多一份爱，肥肉也好，瘦肉也罢，都是心中最美的盛宴。最能感动我们的，往往不是浮华喧嚣，而是隐匿于最朴实、最简单的细微中。

总有一种爱润物无声

一滴泪的距离有多远

  门铃响了，我打开门，一个四十岁上下的男人宛如一尊石像般站在门外。看到我，呆滞的眼神里突然闪过一抹光彩，把手里的水果朝我手里一塞，然后便推金山倒玉柱地跪倒在我面前，哑着嗓子说："医生，谢谢您！"不过，他这次前来不是感谢我的医术——因为我的双手并没有妙手回春，没能将他9岁的儿子从鬼门关里给抢夺回来。

  当医生已有二十余载，在我面前跪下的病人或者病人家属没有上千，也有几百。他们或是跪求我救其性命，或是病症愈合后以跪的形式来表达对我的感恩。但是像今天这样没有成功挽回病者生命，家属却仍然来感谢我的情况还是第一次遇到。

  两个月前的一天，他来城里卖水果，因为是周末，便把儿子也带到了城里。可是就在城区里，一辆肆无忌惮的渣土车疯狂横行，结果侧翻了。命运似乎故意和他过不去，渣土不偏不倚地压在他儿子的身上，也瞬间压碎了他的心。

  孩子送到医院时早已人事不省，血沫蜿蜒在嘴角旁，变成触目惊心的痛楚。我们知道，孩子的内脏怕是已有多处损坏，导致部分血液回流，被压迫从嘴部流出。孩子失血太多，我们紧急从血库里调配血浆。万幸的是，孩子的血型并不罕见，所以没用多久便为他输送了血液。但孩子的内脏多处破裂，这才是最大的伤害，必须马上手术。孩子的父亲早就紧张得说不出话来，他知道住院要交钱，手术也得要钱，马上哆哆嗦嗦地把身上的上千元钱取出来，还告诉我们，放心，只管手术，钱他有！

  他说这话的时候，是发自内心的，绝没有任何虚夸的成分。只是他不知道，他自认为自己银行卡内的几万块钱数额不小，却不知道对于一个医院来说，几万元钱有可能仅仅是十几天的费用，甚至是一场手术、几天治

疗的时间，就足以把它花得一干二净！

　　手术做完后，在接下来的日子里，我们不得不告诉他手术费、住院费、医药费、床位费等各个项目，每天都要交多少钱。我注意到，每说到一个项目多少钱时，他的眼神里就流露出揪心似的疼。但疼也仅是瞬间，然后马上变成了决绝，他斩钉截铁地说，尽管治，钱他想办法！他不知道，其实我们也是揪心地疼。他的眼神，深深刺痛了负责他孩子病情的每一个医者的心。

　　男人的足迹，每天都是两点一线——从家到医院，从医院到家！尽管医院考虑到他的特殊情况，在费用上进行了适当减免，而我们因为同情他的遭遇，每个人也都略尽绵薄之力给他捐了点钱，但这些还是远远不够。

　　当他把所有能想到的办法都用完，把所有能筹到的钱都筹来却发现仍然不够时，他立即就傻愣住了。我们知道，他是在想，为什么住个院要花这么多钱呢？或者说，都花这么多钱了，怎么还远远不够呢？久久地，他才问了一句："不是说医院都是仁慈的吗？为什么就不能帮穷人免费治疗呢？"我们无言以答。因为我们知道，不管我们从医院的运营成本、人员工资还是医疗机制等哪个方面去解释，他都不会理解。看我们沉默，他叹了一口气，说："我回家卖屋去！"

　　他说这句话的时候，我的心，瞬间就碎了。从医多年来，我见过面对数百万医药费而眉眼不惊的富庶人家，亦见过很多经济拮据的贫苦家庭，所以早已司空见惯贫苦者因为钱而发愁的情景。但是像他这般能击碎我内心的，却是少之又少。因为他说完那句话转身走出医院时的背影，实在让人忍不住跟着就凄凉起来。这不仅是一个又当爹又当妈的男人——三年前，孩子的母亲就因病离世。他还是一个身残者——以前他是一个建筑工人，因为一次高空作业时安全设备发生故障，他从楼上摔了下来。命是保住了，左腿却永远失去了。

　　男人将房卖了，换来的十几万元钱又拿到了医院。不过，这次没有花完。他的孩子因为伤势过重，又加上感染而引起的并发症，最终还是离开了人世。

孩子去世那天，我们原以为他会号啕大哭。但我们没想到，当我们向他宣布孩子死讯的时候，他只是呆立了一会儿，然后慢慢瘫倒在地，一脸木然。过了好久，他才爬起身来说："谢谢！"这两个字冒出来的时候，连我在内，病房里的四个医生都潸然泪下，任由眼泪一滴接一滴地砸在冰冷的地面上。

孩子去世后没几天，他打听到了我的家庭住址，便买了点水果来看我。说是看我，其实是为了感谢我。他解释，在医院里送我水果，怕让人家看到了不好，所以才到了我的家里。他说："陈医生，你是个好人，孩子的命是老天注定的，谁也怨不得！我们谈不上认识，您却能为一个陌生的的孩子掉眼泪，您是好人！"

我做梦也不会想到，当医患关系越发紧张的今日，刚经历丧子之痛的他，没有怨恨医者，没有责怪命运，却在心里谨记他人为他儿子流下的泪水，不管是一掬同情悲悯之泪，还是为其而感到心酸的泪水，对于他来说，都是最高的礼遇和拉近人性距离的最好的慰藉。

我永远都忘记不了那一幕——那是一个冬天里最冷的日子，在惨白苍凉的病房里，我们几个医生的泪水，曾给过一个陌生的父亲心头最大的温暖和慰藉。我们也更加明白，身为医者，经历无数生离死别而让我们对生命的陨落司空见惯不应成为我们冷漠的理由。一个善意的举动，一个温暖的眼神，甚至即便是一滴泪，无论是对逝去的人还是活着的人来说，都是这个世间最温暖仁慈的圣经，更是对生命的尊重。

生死一条线

父亲的病，是继续治疗还是放弃治疗，成了他和众多亲友争论的话题。继续治疗的结果，是最多还能活一年，代价却是付出数十万元的花费。而他，已经倾尽所有，入不敷出，除了卖掉房子，已经别无他法。而不治，无疑是对孝道和人道的拷问，还有一辈子良心上对自己的谴责。

向左为难，向右也为难——这又何尝是他一个人所面对的难题？人年老体弱的时候，当重症无情袭来，特别是绝症降临，明知道在使尽浑身办法之后还是无果的情况下，治还是不治成为很多人都为之纠结的问题。

父亲刚被查出病症的时候，他宛如遭受晴天霹雳，冷静下来之后，他就毅然决定，哪怕是砸锅卖铁也要为父亲治病。为此，他辛辛苦苦十几年的积蓄花光了，妻子的私房钱也花光了，甚至是儿子的压岁钱也被尽数拿了出来。原以为付出这么多，现在医疗水平又这么好，也许能拉回父亲的性命，但几个月之后，当他父亲身上的癌细胞已经扩散到全身时，我和几个同事都摇着头告诉他，一切都已经回天乏力了。他待了一会儿，终于明白，善意的我们其实就是在暗示他放弃治疗。放弃治疗意味着什么？意味着他将眼睁睁地看着父亲被癌细胞一点一点地吞噬，而他在一旁却袖手旁观。

他本来性格开朗，但如今整天唉声叹气，头发一把一把地掉，眼睛也熬得血红。他也知道，诚如亲友所说，即便他现在放弃对父亲的治疗，所有人也都理解他。毕竟，谁都看得出来，作为儿子的他，实在是已尽了全力。甚至有人直接说，几个月后，他的父亲在天国里若是有知，相信也会赞同他的做法——做父亲的，哪有不疼爱儿女的呢？但在他心中，"父亲在天国里"这几个字却像是一把尖刀，狠狠地插在他的心窝上。其实亲友们说得也没错——父亲偶尔醒来时，得知儿子要卖房为他治病，也是气得浑身哆嗦。

在纠结了一段时间之后，他终于有了决定：卖房也要救治父亲。

房子卖了，他和妻儿在近郊租了一套便宜的民宅。卖房的几十万块钱，继续像流水一样流进医院的账户里，留在手中的越来越薄。父亲在他和我们几个医生的精心呵护下，又挺过了一年多时间。在第二年的那个春末夏初的日子里，阳光像是绚丽的水彩，静静地涂抹在病房里。他的父亲也就在这一天，在历经他用数十万元花费铺就的一年多时间后，终于平静地离开了人世。他说，父亲离开的那一天，面容上被阳光镀上了一层金，安详平静，像是虔诚的朝圣者要抵达灵魂的最高处一般。

对于他一年前做出卖房救父的决定，面对很多人的不理解，他只是讲了一个小故事，也是在他记忆里关于父亲的一些画面：

父亲开朗英俊，性格坚毅。在他小的时候，父亲常抱着他在村头的大梧桐树下面溜达。他们去和一只小虫子较劲，与一只小鸟对歌，和一头老黄牛对望。最让他印象深刻的是，父亲总是把他架在脖子上，绕着梧桐树飞奔。父亲一边汗如雨下，肩膀上的他一边喜笑颜开，乐呵呵地笑个不停。那时，他不知道什么叫父爱，也不知道如何去诠释父爱。他只知道，只要他快乐，父亲做什么都愿意。

他9岁那年，历经了一次严重车祸，是父亲从鬼门关里把他硬生生地给拉了回来。据说，那次他的身体飞起了几十米远，落到地面上时，满脸都是血迹，浑身软绵绵的，像是没有骨头的蚯蚓。众多目击者都说，这个孩子怕是大罗神仙也救不好了。甚至有人说，从他嘴角溢出的大量鲜血来看，怕是身体内部很多器官都破裂了。救护车到的时候，父亲看到医生立马跪倒在地，号哭着说，心肝脾肺肾，要哪个就从我身体里摘！在此之前，当过兵的父亲一生坚毅刚强，除了亲长，在任何困难面前都决计没有弯过自己的膝盖。

医院里，医生们一脸凝重，告诉父亲说他失血过多，而医院又没有匹配的血浆。从没读过书的父亲立马捋起袖子，说自己的血型和他的一样，抽吧，抽干了，一滴都不要留！父亲说完的时候，还望向一边他的母亲，陡然从刚才的呼号声转为轻柔，异常平静地说，我的后事，就不要大张旗鼓办了，别浪费钱！父亲以为他失血过多，得将自己全身的血都补充给他才行。为此，居然提前对他的母亲交代起自己的后事来。听说，当时的医生听闻父亲的话，是一边笑着一边哭着的。

病房里的他，昏迷不醒，一直靠戴着呼吸机来维持生命；病房外的父亲，一声不发，只是大口大口地抽着烟，任由眼泪噼里啪啦砸在地面上。父母那时候手头没有什么积蓄，他在医院里的花费，是父母想尽了一切办法才筹来的。具体父母是怎么筹到钱的，除了听说卖这个卖那个之外，还有把能借的都借光了。而每一次借，遇到对方面露为难之色时，父亲就又耍起了他的绝招——立马跪下来，不借钱给他就绝对不起来。仿佛从车祸现场的那次下跪开始，父亲的双膝就变得不值钱了。他还听说，父亲甚至与哪家工厂私下签订过卖身契：给他20万元，他一辈子都会为这家厂子卖命。母亲后来还跟他说，说他父亲急得连抢劫的想法都有过。母亲阻止他，他还瞪大眼睛蛮不讲理地说，替儿治病，只要他活着，哪怕我坐牢，我也愿意！那个时候，父亲和母亲为了他，不管是借，还是卖家产，都是得到了所有人的支持的。理由几乎出奇地统一：只要孩子活着，做父母的能有什么不可以牺牲的呢？

那时候的他，也是被医生判了死刑的。但是奇迹就这么出现了，可能是因了一份爱而感动了上苍，他最终活了下来。在他情况转危为安的那个阶段，听说很多医生都瞪大了眼睛，直呼这是奇迹，奇迹！甚至是省市医院的专家，都为这个专门来看望过他。他慢慢恢复健康，同时他也发现，以前那个丰神俊朗的父亲，却早已变得面容枯槁、憔悴至极。尽管如此，看到面色逐渐有了血色的他，父亲仍然是乐呵呵地笑个不停，一如他当年骑在父亲肩膀上笑着的开心模样。

我问他，难道就真的一点都不后悔吗？他笑笑说，父亲生病的那段时间，他经常在头脑中闪现当年的那些画面。从想到那些画面的第一刻起，他就斩钉截铁地决定，若有一线生机，哪怕是倾尽所有，哪怕是只能换来父亲再活一年，他也愿意！在父亲离开人世之前，他必与之生死相依，不离不弃！

他说，生与死虽然仅仅像是一条线的距离，但他也要和父亲时时相依。的确，生死的距离虽然很近，但考量我们的东西却很多很重。不放弃，顶多是物质上的牺牲；而放弃，对他来说则是千刀万剐的绞痛，在良心上，在发肤上，在肺腑里。他还说他有时候也搞不懂，父母在救治儿女时倾尽所有，就属于伦理道德的正常范畴，抑或是属于父母应该做的；而为什么当父母年老体衰、重症压身时，就生出许多让父母放弃治疗的冠冕堂皇的理由呢？

"给我他的肝，给我他的血，给我他的心，给我他的一切……他都愿意……"他抹了抹眼泪，"而我，又何曾给过他什么？现在，难道因为没钱或者说舍不得卖房子，就放弃对他的治疗，让他提前离开人世吗？"

面对他的反问，我也久久无语。关于放弃还是坚持，我们见过的还少吗？而每一次，我们几乎都是静默无语。

"生死一条线，父子长相依。"我们还能说些什么呢？我们又能说些什么呢？

月光下的菩提

我在大排档喝酒，邂逅了他。彼时，他满身的灰尘，正缩在大排档一隅，就着一碗鸡丝面狼吞虎咽。尽管他满面泥尘，但丝毫没有遮掩住他二十一二岁的青涩。

一人喝酒是难以下腹的，我便喊了他一声，邀他过来和我对饮。他先是把头转了转，向四下望了望，然后答道："叫我吗？"彼时华灯初上，大排档就我和他两个人，我不叫他还能叫谁？

我笑笑告诉他，我也是农村人，只不过两年前才在城里买房，工作由乡下调到城里不到一年。听我这样说，他才慢慢放开来，面前的酒，入腹也比刚才要痛快许多。不过，在杯来盏去之间，我能明显地感觉到，眼前的他，在智商和情商方面都是属于比较憨厚的，甚至是傻。

我端起面前的酒杯，说："兄弟，再干一杯！"

他惊愕："你叫我什么？"

"兄弟呀！"

"你真把我当成兄弟？"他还是不敢相信。

我不禁暗笑他的迂，叫声兄弟难道还是什么大事？我再度向他点点头，他马上端起面前的酒杯，一仰脖子喝光了。

他说，他读书不好，家人和老师都劝他不如早点回归社会。于是，他辍学之后，便一直在打工，工资每个月都很低，他一直都很不满足。现在，他在我所在的小区西侧的建筑工地上干活，虽然很苦很累，但工资每月都不低于两千元。

他伸出双手，上面密布着血泡和老茧，还有无数条纵贯的伤痕。他告诉我，都是在搬运水泥模板和钢筋时留下的痕迹。

他还说，工地上的人对他很好，有什么事都很看得起他。譬如，某块模板很沉，便会有人夸他年轻力壮，一个人肯定都能搬起来。他见大家都瞧得起自己，便会二话不说将模板搬至指定处。有一次，他一个人把一捆钢筋扛起来，有一根钢筋因为松动而滑了下来，直接插到他右脚面上去，鲜血淋漓。可当大家赞他是好汉时，他硬是把吃痛的泪憋了回去，兀自强装笑颜呵呵笑着。有时候，大家需要去买烟、买酒什么的，也都是喊他过来，让他跑个腿。即便是到菜场买把葱、买坨蒜，差事也落到他的身上。这样琐碎的小事，他说数都数不清。

他连珠炮般地说完之后，脸上血色越来越浓，说："你看我人缘多好！"

我心里想，一开始我猜想得没错，他确实是傻——人家哪里是瞧得起他，分明是当他傻。我委婉劝他："不要啥事都揽过来做，自己的活最重要！"可是，他又哪里能懂得我的话意，居然乐呵呵说："没事，我忙得过来！"

临别时，他说他就住在工地上，且要了我的手机号码，表示过几天要回请我。他看着我，突然又冒出一句："你真把我当兄弟？"我微微一愣：同样的话，刚才他已问过，怎么又提起了。我再度认真点头。他倏然一笑，说："大哥，受小弟一拜！"这句文言式的话，不禁让我笑了起来。看我笑，他也笑了，说："我们是兄弟嘛！"

那晚，他说要回请我，我本未放在心上，只当作是听得麻木了的客套话。但没想到，仅四天后，他便打来电话邀我。我去了，饭吃了，酒也喝了，但结账的时候，我准备过去付钱，他却执意不肯，非要自己给。我问他，薪水发了吗？他说没有，但身上还是有点小积蓄的。我不再拒绝，只因为他那涨红了的脸。

和他相识的次月月初的一个晚上，月亮无比肥硕，天地间洒满了柔美的清辉。他又给我电话，说在楼下等我。下了楼，他往我手中塞了五百元钱，说他刚领了薪水，这五百元钱让我寄给我父亲买点好吃的。

我先是惊愕，然后是万分好笑：你发薪水领工资，与我父亲有啥关系？我父亲连你是谁都不知道哩。

他憨笑说："你不是叫过我兄弟吗？既然我是你的兄弟，我第一次领这么多工资，你说你的父亲能不高兴吗？"

他走了，留下我伫立在原地。只是短短一瞬间，我的泪便溢出了眼眶。我突然想到，从出生到现在，我叫过无数人为兄弟，也被无数人以兄弟相称，但都像是酒后之言，醉了醒了之后，多少承诺都随着酒精的挥发而烟消云散。而一脸青涩模样的他，心地宛如一张白纸，容不下一丝污迹，盛不了半点虚伪做作，就那么静静地活在尘世之间。那一晚，月光下的他分明就是佛家所说的菩提一样，干净透明得让红尘中每一个忙碌着的人都能大彻大悟，明心见性，寻得生活中久违了的美好。

不　朽

邻居张大爷退伍不久，就被村里人拉去做村长。大家都说，当兵的人性格果敢坚毅，做村长肯定是个好领导，谁都信得过。

起初，张大爷板上钉钉地拒绝了他们。他说，他习惯了部队的清贫，让他去做村长，他是断然静不下心来的。但是，最终他没能拗得过人家的邀请，还是答应了。果然，张大爷没负了村里人的期望，领着他们把村里各项事业都做得风生水起，把小村庄搞得是漂漂亮亮的。

以前，刚退伍的张大爷就知道种他那几亩地，累了乏了休息的时候，就拼了命地摩挲他终日揣在怀里的军功章。操劳了一天，睡觉前不是抱着部队里的合影看，就是对着立下战功的荣誉证书发呆。好了，这村长一做，领导村子发家致富。他自己，出门也坐起了轿车，甩掉了多年的能呛死人的老烟叶，换上了通红的中华烟；张大爷也早就不穿他那身早已磨得泛白的军装，换上了崭新的西服；黄色的军球鞋也早就下了脚，代之以锃亮的皮鞋；和很多人一样，张大爷常出入各种应酬的场合，亦常常喝得满脸通红。在他口里，天天听见的，都是他唠叨的生意经。

  张大爷瞧着整个村子的境况都因为他而有了质的飞跃，脸上终日都乐成了一朵花。闲暇时分，不是去听戏就是下棋，不是遛狗就是带着儿孙遛弯。谁瞧见了，都笑着打趣他是胡雪岩重生，吕不韦再现。张大爷也不客套，每次都是得意地嘿嘿笑了起来。还有人说，张大爷，当兵的苦，能有现在的甜吗？恐怕枪是啥模样，您老早就忘记了吧？张大爷依然嘿嘿一笑，不做任何回答。

  一天，张大爷接到一个电话，说是原来的一个战友要来看望他。张大爷和他约好了日期、地点，订了个豪华的酒店包间翘首以待。

  当兵的都能喝酒。战友来的那天，出于地主之谊的热情，张大爷还约了几个老朋友一起作陪。战友没来之前，张大爷看着别人在打牌，他自己则在角落里静静地抽烟。

  手机铃声响起，张大爷蹭地腾身而起走到了门外。战友来了，就在不远处静静地看着他，而他亦静静地看着战友。倏然，一声"敬礼"响遏行云地从张大爷的口中蹦出。只见张大爷行了一个端正至极的军礼，踏着正步巍然地向战友走去。而战友也同他一样，肃穆庄严地喊着口号，摆着臂膀，彼此间都宛如一个朝圣者，朝着对方相向而来。

  原来，有些东西，即便表象早已不在，但血肉和精魂却依然不朽在心头，一别多年，亦不忘却。

  据说，那天张大爷的身后，在场的很多人都落下了眼泪。

第三辑

永远和你在一起

总有一种爱润物无声

那些他从未参与的繁华

在南方的他,给老家的父亲打电话嘘寒问暖。

他知道,母亲离开后,父亲就像院子里的老磨盘,没了推磨人,就像是失去了魂魄。他甚至能想象到,早上,父亲会坐在门槛外,默默地吸着旱烟;中午,父亲就会躺在院子里的老藤椅上,拿一张报纸,看着看着就睡着了,也不知到底是他在看报纸,还是报纸在看他;而傍晚,父亲就会傻傻地看着西落的太阳。

他怕孤独包裹住父亲,所以只要时间充裕,便会在电话里陪父亲聊天,聊小时候、读书时,还有现在工作时的趣闻。父亲每次听时,都是乐呵呵地笑,但每次又都是笑几声之后,便说困了,然后挂断了电话。只有他明白,父亲是怕打扰他工作,占用他的时间。

这一阶段,仿佛一切都比以前好起来。每次打电话给父亲,都能听到麻将声,或者读书声、戏曲声。特别是有一次,他在电话里听到震耳的流行音乐,便问父亲:"爹,您不会告诉我您在K歌吧?"父亲扯着嗓子喊道:"你爹我在镇上跳广场舞呢!"

临近春节的一天,他悄然回家。踏进家门时,天刚黑,月色溶溶,却没发现父亲。他去棋牌室、书屋、广场,都没有找到父亲,最终却在河边的芦苇荡边找到了他。父亲静静地坐着,静静地哼着小曲儿,静静地吸着旱烟。

他搂过父亲,轻轻地牵起他的手,一道回家。而父亲看到他,高兴之余，明显地夹杂着一丝慌乱。因为，他撒的谎，因今晚儿子的不期而至而被揭露。

他在当晚，从别人的口中知道，父亲每一次去棋牌室都只是在旁观战，去书屋也只是听别人阅读，去广场也只是看别人跳舞。不为别的，只是为了儿子隔三岔五打来电话时，让儿子听听这些声音——父亲不想让儿子看到自己的孤独！

他依偎在父亲的身旁说："爹，回去我就把公司搬到咱们小城！"他说这话的时候，泪如雨下——饶是他生意场上纵横捭阖，但也没想到，父亲会撒如此善意的谎言。他用沉甸甸的父爱，臆造了一场场繁华。而这些繁华，他却从未参与。

这个冬天不太冷

48岁的老李刚来单位的时候，是员工宿舍里唯一来自乡下的人。在这个高科技企业里，老李作为一个保洁员与其他流水线的工人同住一起，一切都显得那么格格不入。

还记得第一天报到的时候，老李着了一身卡其色的上衣，下身还穿着20世纪80年代的粗布蓝色长裤，更为令人叫绝的是，脚上穿的是最为"经典"的解放牌黄球鞋。肩膀上挑着的扁担上，晃晃悠悠地挂着一个硕大的蓝白相间的蛇皮袋。他不善言辞，只是默默地坐在室长为他安排的床铺上，又默默地整理自己的床铺，丝毫没有在意到来自周围我们的怪异目光。

老李虽然来自乡下，但是性格上却知道与人为善，甚至也明白自己

总有一种爱润物无声

作为新人刚到时的规矩。他来的第一天，就将自己珍藏的烟叶拿出来与我们分享，一边递过来，一边还说是自己家乡种植的烟叶，能香死人！他还把农村的土特产拿出来，一个人送上一份。可是，当我们都捂着鼻子对他那烟叶的味道表示反感时，对他那些黑乎乎的咸菜流露出极为厌恶的神色时，老李也极为懂事，赶忙把烟袋里的烟给熄灭，讪讪地笑着，连声说："不好意思，不好意思！"

特别是自从第二天过后，老李在垃圾桶里发现他送出的那些咸菜时，心里更加感到黯然。他也终于明白，他心中的"好"，是走不进我们这群城里人内心世界的。毕竟，这个宿舍里的人，年龄上和他有着极大的代沟，来自城乡的区别和生活习惯上的极大差异，也让他和我们很难融入一起。老李在心里暗暗安慰自己，没事，时间久了，他们会喜欢自己的！

老李上班时兢兢业业，勤勤恳恳，把单位的每一个办公室、每一处清洁区都打扫得干干净净。即便是一小盆花、一个奖杯，他都会用抹布擦拭得干净明亮。老李的业务，让公司上下都交口称赞，说他比以往的那些保洁阿姨干得出色多了。一个上了岁数的大男人，在保洁工作上能如此出色，在这个单位还是不多见的。其实，表面波澜不惊的老李心里也是暗暗高兴，他觉得自己的付出能赢得我们的称赞，这便是对他最大的回报。更重要的是，同宿舍里的人，以后肯定会慢慢瞧得上他了吧。

然而，事实却与老李的想法相反。

每隔一段时间，同宿舍的人就会出去聚餐，费用AA制。而老李，每一次都说自己不饿，一天三顿饭就可以了，没必要再吃宵夜。更让我们反感的是，有时同事间遇到谁过生日，按照规矩，参加生日宴会的都得随个份子钱。可是老李呢，却好像每次都在装糊涂，都以肠胃不好、最近吃不下东西为由而拒绝参加。其实我们心知肚明，老李这人就是天生的吝啬鬼，小气到了极点。不仅对别人小气，对自己都抠门至极——从未看到他下过一次馆子，从未看到他给自己买过一身新衣服，老烟叶抽完了买的都是最

劣质最廉价的香烟。在这个消费至上的年代里，老李的这种做法确实是很不讨人喜欢。本来，我们是想捉弄取笑他的，但当了解到老李背后的故事，便黯然了，也就不忍心取笑他了。原来，老李的妻子身体不好，常年吃药。三个孩子，一个读初中，两个读大学，全家的生活就靠他一个人维持着。别人的钱都是赚来的，而老李的钱，都是省出来的。

　　我们对他同情归同情，对于他的"抠"能容忍，但他睡觉时的呼噜，却常吵得人睡不着觉。起初，我们看他年龄大，家境不容易，便默默忍着。但是，老李每次下班后睡得都很快，能把屋顶都掀翻了的呼噜声，直接让其他人无法入睡。无奈，我们都用半开玩笑半认真的语气跟他提及这事。老李笑笑，说会慢慢改掉这个坏习惯的。后来，老李在熄灯之后，在一片黑暗中默默地看着天花板，无论困意如何袭人，他都硬撑着不睡。直到眼瞅着宿舍里每一个人都香甜地睡了，他才放心地进入梦乡。

　　老李的"懂事"让我们终于对他多了些温和，特别是有一件事的发生，让所有对老李鄙视的人都变得仰视起来。

　　那是一个飘雪的冬夜，天气冷得仿佛能把人冻死。下了班后，我们看见老李只在宿舍里一闪，然后便没了影，整夜都没有回来。而且这种情况，一连都维持了好几晚。奇怪的是，老李白天都来单位上班，只有在晚上才"玩失踪"。问他原因，老李拖着鼻涕说没什么，然后便是憨憨地傻笑着。直到有一次老李洗衣服，不小心从口袋里落下了几张票据，才把隐藏着的秘密给暴露了。那几张票据注明着的消费单位，是公司附近的一家宾馆。

　　我们开始大笑起来，指着老李的鼻子哈哈大笑，没想到老李还有这么一手，吝啬得像铁公鸡一般的他居然舍得花钱带女人去宾馆开房。我们都说，看来男人再怎么变，色字头上一把刀的毛病却是改变不了的。老李着急了，脸涨得通红。但是无论他怎么解释，也没人相信他。其实也难怪，小气抠门的他去宾馆开房，不是和女人一起，还能有什么原因呢？

看我们嗤笑，老李突然爆着嗓门喊："俺老李绝不干对不起老婆孩子的事，你们不能这样侮辱我！"还是头一次看老李发脾气，我们猛然间居然被吓得没敢吱声，只是瞧着老李狮子般的模样，一个个噤若寒蝉。

"上几天，我感冒了，所以就没回来住。"老李小声说。

"因为感冒，所以就去宾馆住？"显然，我们对老李的这个解释并不满意。其实不怪乎我们如此不信他，毕竟他这么一个小气的人，平时连一块钱都舍不得在自己身上花，又怎么会舍得去开房间。更何况，开房间与感冒两者根本风马牛不相及嘛！

老李苦笑一声，解释说："我是乡下人，很多臭毛病是多少年落下来的，改是改不了的。我知道，在生活习惯的很多方面，你们都瞧不起我，都嫌弃我。我也不怨你们，毕竟我是一个乡下人嘛！"老李说到这里，突然有点哽咽，继续补充道，"上次我重感冒，浑身无力，整个鼻孔都不透气，而且鼻涕不断，我一方面生怕呼吸困难的声音和不断擤鼻子的动作，惹你们城里人看不惯。又怕病毒性感冒会传染给你们，所以我就去宾馆住了几天，一直到感冒好了才敢回来。"

老李一边说，我们一边偷偷抹眼泪，为了他这么一个小气的人，此时却这么大方而落泪，也为了我们用自己的"小"去度量老李的"大"而惭愧落泪，我们做梦也没想到，一个活在尘埃里的人，在为他人着想这方面，灵魂居然高贵得如此让人仰视。

其实，后来老李还跟我们解释，说他本来也是舍不得去住宾馆的。原本他是打算睡在我们单位旁边的天桥下，但是最终还是受不了严寒的折磨而作罢。

"天太冷，我这身子骨实在受不了！"老李说这话时，一边讷讷地笑着，一边仿佛余寒在身般哆嗦着。

总有人珍藏你的善意

他在刚进门的时候，突然发现配菜的厨师有意无意地抬头，深深地盯了他两眼，不由得心里一阵打怵，拢在袖子里的手也不由得更紧了几分。他故意轻咳几声，故作镇定地喊了服务员过来点菜。

他很嗜酒，每顿不喝个一斤八两都觉得不过瘾，但今天很例外，他只要了一瓶低度数的半斤装白酒，点了几个小饭馆里最昂贵的菜。他觉得，是时候好好犒劳犒劳自己憋屈已久的胃了。

服务员上菜的时候，每上一道菜，都有意无意地朝他身上破旧的衣服瞄上两眼。这种带有怀疑和不屑的目光，从心底惹恼了他，怒火在心中熊熊燃烧。

是啊，也难怪他怒火中烧。八年前，他拿出打工的积蓄，包下了一个小工地，掘得了人生第一桶金。之后，生意做得是风生水起。但是八年后，正当他踌躇满志准备进军别的领域的时候，却因为过于信赖别人，被人骗得一无所有。前一天，还是百万富翁；下一秒，就变成了囊空如洗。这种巨大的落差，差点让他自杀。幸好多年在商场上的摸爬滚打磨炼出的毅力，让他在清醒后打消了这个念头。他振作精神，向以前的生意伙伴、亲朋故友借钱，指望东山再起。但他没想到，以前那些沾亲带故的人，这么快就对他置之不理，冷眼相对。他终于彻底明白"穷在闹市无人问，富在深山有远亲"这句话的含义了。也是从那之后，所有的东西对他来说都成了灰色的。

起初，他是浅浅地呷着杯中酒，慢慢地吃着盘中菜。后来，随着往事的一幕幕放电影似的闪现过，他开始大口喝酒大口吃肉了。当最后一杯酒被他一饮而尽，指针已经指向了深夜十二点。这个时间里，小城里的人几乎都进入了梦乡，也就他所在的这家饭馆，每天的营业时间最晚。

总有一种爱润物无声

眼看着店里就剩下自己一个客人，杯中酒已饮尽，盘中菜已吃光，他打了个饱嗝便走向了收银台。尽管他根本就没打算结账，但他还是佯装要付钱，对老板说要结账。他边说，边将右手从袖子里慢慢向外伸。

"免单，不要钱！"老板抬起头笑眯眯地告诉他。

他在怀疑是不是自己的耳朵听错了，老板又确切告诉了他一遍。老板说，厨师说饭钱从他工资里扣，这顿由他请！

他以为厨师是自己的故友，但当厨师从厨房间里走出时，却是一张极为陌生的面孔。

厨师微微一笑说："你去年在滨江公园救过一个落水的孩子吧？"

他的记忆立即像闪电苏醒过来。确实，去年他在滨江公园的池塘里救过一个七八岁的孩子。那是一个寒冷的冬日，滴水成冰。孩子掉进池塘里后，围观者众多，却没一个敢下水救人的。正巧他经过这里，二话没说，便脱了身上的羽绒袄跳了下去。最终，他成功地救起了那个孩子，赢得了在场所有人的掌声。

"你……是那个孩子的父亲？"他有点怀疑，尽管已经是去年的事情，但他感觉眼前的这个男人，与当年落水孩子的父亲还是有很大出入。

"不不不，"厨师连连摆手，"我只是当时凑巧在旁边，因为不会水，所以只能干着急，多亏大哥你下水了！"厨师仍然对着他竖着大拇指。

他更加疑惑了，说："你不是孩子父亲，那怎么今天……"厨师打断了他的话，哈哈笑说："请好人吃顿饭，难道这不是应该的吗？我跟你说，你当时的善举，我讲过给好多人听过。你刚进来的时候，我就看你面熟。后来，我又偷偷盯了你好久，才确定真的是你。"厨师越说越兴奋，像是一个粉丝见着了自己崇拜的偶像。

他的鼻端突然感到一阵发酸。他以为这些事情过去了，不久就会淡忘于人们的脑海。但他没想到今天，居然还有人如此清晰地记得他的壮举，而这个人，还只是当时的一名围观者而已。

他以为，他的心和这个世界一样，早已冰冷。但今天才突然发现，总有一些春暖花开偏安于一隅，就等着与他相遇，温暖他那颗冰冷的心。他亦更明白，一个人施以的善意，不会在尘世间永远寂静无声，总有时候总有人会把善意默默珍藏，小心守卫。他知道，这个厨师的小小举动，会让他相信，世间还有很多的美好在等着与他相遇。

他抹了抹眼泪离开饭馆，走到一条河边，向着河流，向着天空，向着阳光大吼一声，掏出袖子里闪着寒光的匕首，使尽全身力气把它扔进了河里。

风雪夜归人

他没买到回家的火车票，眼看日期越来越近，整个人便真的成了热锅上的蚂蚁。他决定，就是爬，也要爬回家！

暴风雪中，他上了火车，奔向一座陌生的城市。没办法，他只有用这种迂回的方式。虽然不能直接到家，但毕竟离家乡近了一步，尽管还有近六百公里的路。

到了站，他掏出地图，瞅往家的方向，又多方打听别人，坐上了城际短途公交。公交到了站底，不再前行。他又使用了临行前就想好的绝妙方法——顺着地图上指引的道路，一边步行，一边不断地搭沿途的顺风车。为此，他可是吃了不少苦：弯了无数次腰，低了无数次眉，说了无数次好话。

他接到工友的电话，工友嗔怪他牛脾气，冒着这么大风雪还要回家，值得吗？他嘿嘿一笑，说："值得，值得！"

一天的时间过去了，夜幕来临，他还颠簸在陌生的道路上。途中，他

总有一种爱润物无声

遇到了一条河,岸边的艄公好像是铁了心肠,任凭他怎么哀求,仍然以天晚为由,拒绝出船。实在无奈,他差点给艄公跪下了,说出了自己急于赶路的原因。艄公一听,立马跳上船喊道:"兄弟上船,分文不取!"

过了河,上了岸,他两眼湿漉漉地看着艄公,道了声谢谢,然后便再度踏上归途。他继续走啊走,行啊行。天亮时,他花了60块钱,买了辆破旧的自行车,哼着歌,顶着风,再度向那个叫作家的地方发起冲击。就这样,翻过一座又一座山,涉过一道又一道水,走过一条又一条路。四天后,他终于来到自己家乡所在地的小县城。

到小城时,又是夜幕时分。瞧瞧手机,已经是晚上9点了。他心里的石头暗暗落地,庆幸自己终于赶在这最后一天到达了故乡的土地上。

因为那辆本就很破的自行车早已经不成样子了,他索性朝路边一扔,点上一支烟,撒开两只大脚,大步流星地朝着乡下奔去。一路上,雪再度纷纷扬扬地从天而降,鹅毛似的,遮住他的眼睛,却没能遮住他的心。

雪太急,风太大,他也有点累了。正好,他好像想到了什么,便找了个角落躲起来,拿出手机给自己的工友们打电话,报平安。电话里,他听到了工友们为他的决绝和魄力而发出的感叹声,当然,也听到电话那端传来的轻轻的啜泣声。

他挂了电话,劲更大了,步子迈得更宽了,风雪中的歌声也似乎更加嘹亮豪迈了。夜里12点的时候,中央电视台的《春节联欢晚会》刚刚结束,他终于赶到了家。当他绕过村头的老槐树,视线里出现了自己的家门时,他看到,屋里还是一片灯火辉煌。而门外,他的父母妻儿撑着伞,正在朝着自己所在的这个方向翘首以盼。

他的泪哗哗落下,奔过去就号哭了起来。

父母和妻儿都问他,这么辛苦辗转回家,值得吗?

他猛地抹去眼泪,亮堂堂地一嗓子:"有钱没钱,回家过年,值得!"

篮子里的月亮

小城车站里,广播正传来女播音员温柔的播报声时,一个老妇人吸引了很多人的眼睛。

听老妇人说,她是浙江海宁人,此番是专程来小城的。看她年龄,至少走过七十个春秋。我们都在想象,这么一双苍老无力的翅膀,是怎么生出远涉千山万水的力量的?又是什么样的事情,能值得她如此不惧一路风尘的艰辛?

带着这个疑问,旁人七嘴八舌地猜测了起来。

有人说,这老太太是探亲来了。马上有人反对,哪个亲戚能放心让老太太千里迢迢、独自一人来到小城?说得也有道理。

又有人猜测,那老太太一定是来看儿子了。儿子肯定是在小城工作,不定多少年未回家,老太太甚是挂念,亲情驱使之下,当然不惧千里之程了。大家觉得有道理,但老太太听着众人的猜测,却一个劲儿地摇头。

那老太太是来瞧自己的女儿了。她的女儿,定然是给她生了个白白胖胖的外孙子,她赶过来服侍女儿了。又有人反对,老太太这么大年龄,女儿至少也五十了吧,生孩子的可能性太小了。况且,即便是这样,女儿也不舍得让老母亲这么辛苦。

接着,大家又胡乱猜测了好多,甚至有人开玩笑,说老太太不会是来见老相好的吧。

大家的胃口被吊了起来,便追问老太太。老太太本不愿意回答,被大家追得急了,这才道出了答案。

大家凝神屏气时,老太太指着身边的一个篮子,揭开篮子上的蓝花布,篮子里盛的满满的是一些土特产。老太太满是皱褶的脸庞上突然飞过一抹绯红,宛若少女般,语声里居然有点娇羞地说:"我是来看妈妈的。"

众人这才得知，老太太的母亲近100岁了。老太太出嫁到外地之后，每年都会抽出时间来看母亲。老太太的老伴几年前去世了，儿女也都各自忙着，老太太只得独自一人跋涉千里。

空气里突然死一般沉寂，众人内心里除了感动，更多的是羞愧。答案猜了无数遍，却没人猜测到老太太居然是来探望老母亲的。难道仅仅是因为老太太的年龄，而让大家错以为她没有母亲了吗？

此时再瞧向老太太的篮子里，盛放着的分明是皎洁的月亮，绽放出世间最圣洁的清辉，照亮了无论年华老去经年流转亦不灭的孝心，亦照见了天下儿女的羞愧之心。

阡陌红尘里，需要我们惦记的人很多，一座心灵的殿堂里，可以容纳下众多我们喜欢过爱过的身影。我们用用心，随便挤挤都能空出一平方米，去容纳下母亲那孱弱的身形，给母亲一个温润的抚慰。

你拥美景，她有花期

我对女儿说，今年的狮子座流星雨非常好看。她问我，如何好看。我用了好几个比喻，将流星雨精心比拟一番。还告诉她，由于地域和天气缘故，我们这里已经好几年没得到流星雨的青睐了。她从没看过流星雨，听我一说，一双大眼睛也不禁充满着好奇和企盼，嚷着说让流星雨快点到来。

上个月的一天，夜里11点多的时候，流星雨如期来了。天幕上突然划过几道灿烂的烟火，我便惊叫："流星雨来了！"

女儿正要跑出来，突然不知道从哪里跑出一只小花猫，蹿到了沙发上，还拨弄起毛线球。女儿立即被它吸引了过去，转身便和它嬉戏起来。

流星雨很快逝去，我责备女儿，数年难得一见的天文奇观，都等了好几天，为何临阵却被一只猫吸引了。女儿回答得很简单，说她喜欢小猫咪。

我差点无语，一只小猫咪怎么能和流星雨相比呢？流星雨多漂亮呀！

"可是，我觉得小猫咪更漂亮呀！"女儿突然板起了面孔，一脸郑重地告诉我。

我本觉得女儿有点不讲道理，但透过她的瞳仁，我看到的是无比的郑重、认真，丝毫没有戏谑的成分。细想来，在我眼中，流星雨是难得一见的美景；可在女儿眼里，一只俏皮可爱小猫咪的突然出现，又何尝不是她心目中的流星雨呢？

忽然，我便想起了老母亲。每年，一家人出去旅游的时候，母亲总是婉言拒绝，说外面的山水再美，她老胳膊老腿的也不想去奔波。我们一开始也告诉她，四川的九寨沟是仙境，安徽的黄山是仙居，江西的婺源是天堂……但她很淡然，每次都说，不如她在家侍弄侍弄屋前的菜园子、屋后的小花地。她说，那些葱呀蒜呀，长得是多么年轻；那些花儿草儿的，生得是多么调皮可爱。她还说，她和花草之间，也有约定，也有风景。

我喜欢和女儿在小区的公园里晨练、嬉戏，而母亲，总是静静地坐在一旁，笑嘻嘻地看着我们玩耍。她看我们每一个笨拙的动作，眼神里都是那么开心；她看我们在草地上的每一次翻滚，眸子里都是充满着爱怜。而我和女儿每次喊她一起加入，她都摆手告诉我们，看着我们玩，就是她最想要看到的风景。然后，便一如先前，静静地坐，静静地看。

母亲那句话是没错的，我们有自己心目中的美景，可她老人家心中，因了一份爱，却有属于她自己的花期。

这个世间，我们总是喜欢把自己的思想强加于别人身上。认为自己喜欢的，别人也应喜欢；而自己厌烦的，别人也理当厌烦。却忘记了，你坐拥你眼前的美景，而在别人心里，也有属于他们自己的另一番花期。

躲避风，不如迎击风

　　早春时节，乍暖还寒。我在料峭的春光里，在老屋的门内侧处手捧一本书品读。虽然初春的阳光静静地洒落在身上，但时不时地有一阵风吹过，还是感觉到瑟瑟的寒意，让我不由得紧了紧衣裳。

　　我向里挪了挪板凳，期望着能避一避风，但无果，风透过门吹进来，是不会拐弯的。本想缩到一边去，但又舍不得这大好的暖阳。是故，便一边看着书，一边时不时紧紧衣裳，缩缩脖子。

　　一旁的母亲笑笑告诉我，如果觉得冷，不如端着板凳出去，在门外一侧看书。我笑母亲的迂：身在屋内尚被风吹得有点发抖，出去岂不是将全身暴露于风中？母亲摇头，让我不妨出去试试。

　　为了"打败"母亲的观点，我坐到了屋外，事实却证明母亲的说法是对的。乍一出去，比屋内更冷。但三五分钟过去，就要比屋内好多了，阳光大面积地洒在身上，暖洋洋的。风，虽然吹过来，但也好像从身旁一掠而过，没有屋内的那种冷意。

　　母亲看我一脸疑惑，解释说，人在屋外，全身都暴露于风中，冷意也变成由全身分担了，自然不会感觉像屋里那么冷。母亲还说，这种天气里，与其躲避风，还不如正面去迎击风。

　　突然想起小时候，父亲去集上卖小礼品。也是在一个冬日的早晨，父亲骑着摩托车，我坐在车后。父亲穿的外套太瘦，纽扣因为绷得太紧，突然就掉落了。车后的我，想从后面抱住父亲，将他的衣服掩拢来。父亲不允，说让我管住自己就行，且停下车来，将外套整个脱了下来。

看我一脸的愕然，父亲也像现在的母亲一样微微一笑告诉我，外套敞开，风全冲着胸口扑过来，胸膛像是冰窖子似的。脱了外套，风朝着哪里都吹，自然比集中在一个地方吹要好多了。事实也是这样，脱了单薄外套的父亲，在熹微的晨光里，居然哼起了小曲儿，伴着轻微轰鸣的摩托车发动机声，朝着阳光、朝着希望奔去。

细想来，"躲避风，不如正面迎击风"，不仅是躲避寒冷的智慧，其实更是面对生活中所有不幸的勇气——生活中总有诸多挫折和冷风，总归需要我们去直面人生，与其躲避它，不如迎面而上。

没有一种困难能阻碍爱的步伐

那个炎热的夏季里，他的心，却像是掉进了万丈冰窖里，冰冷到底。那纸红得几乎都要溢出来的录取通知书，却硬生生让他的眼睛一阵阵地刺痛。

从小就没了母亲的他，成绩素来优秀，小学到高中，每次考试都名列前茅。所以他刚读高三那年，父亲开始准备他上大学后的费用——父亲东挪西借，且变卖了家里的粮食，买得了两头牛来饲养。只待翌年夏季，那纸大红通知书扑棱棱地飞来报喜，便是卖牛换钱时。

只是，命运好像故意跟他和父亲过不去。第二年，当查出自己的分数足足超出本科分数线52分的时候，他信心满怀，心仿佛已经飞到了大学中。而父亲，也逢人就说，他上大学是铁打的事实了。然而，就在大学录

总有一种爱润物无声

取通知书飞来的前一星期,家里的两头牛却被人偷去了。他和父亲一样,顿时感到天塌了。关于大学、关于未来的图卷上,所有幸福的色彩都被瞬间抽走。

连续几个闷热的夜晚,父亲的眼睛里都布满了红血丝,愣愣地看着昏黄的灯光,闷闷不语,只是一个劲儿地狠抽着旱烟。的确,眼看离开学还有一个月,这么短的时间,凑无路,借无门,上哪去为儿子筹措将近一万元的学费钱?

那晚,他终于说出,书不念了,不读大学也能混到饭吃。父亲猛地一个巴掌甩了过来,朝他嚷嚷,老子前面培养你的十几年能这么白费了吗?他被父亲赶进了房间里,不敢再有任何言语。那一夜,他从门缝里看到,父亲直到半夜时分还未成眠。

直到翌日清晨,他还在蒙眬间,却听到父亲的喊叫。睁开眼睛,看见满脸都是兴奋的父亲冲他直嚷嚷,老子想出办法了,老子要去城里的建筑工地上干活!他半点兴奋劲也没有,父亲这么大的岁数,能禁得起繁重的工作折腾吗?再说了,建筑工地上一个月能赚将近一万元钱?

父亲看出了他心中的疑惑,拍了拍他的肩膀说,我一定将学费准备好,让你准时报到。他看到,父亲说这话的时候,眸子里的神采头一次那么坚毅。他知道拦不住父亲,只好看着父亲收拾好行装,当天下午就乘上了前往县城里的班车。

父亲走后,他在小镇上召集了几个学生,为他们暑期补习,赚得一些补贴。那一段时间里,他已经下定了决心,大学是不念了。因为他知道,有哪个农民工在城里能拿到月薪一万元的?

父亲走后第八天,同村的余伯从城里返乡,立马就告诉他,他父亲在城里工地上干活,且找了一家活最重的工地。更让人担心的是,那家工地安全管理极不到位。

他一听,慌了,立马向余伯问了父亲的详细地址,然后就登上了赶往县城的客车。到了城里，找得了那家工地，他看到父亲站在高高的脚手架上，汗流浃背地在烈日下劳作，花白的头发紧紧地贴在额头上，一绺一绺的。

父亲听到他的喊声，颤颤巍巍地从脚手架上慢慢下来，走近他的面前，眼光里满是惊异。他要求父亲跟他回家，这书是不读了。他不明白，反正一个月是无论如何也赚不到一万元钱了，就算你干再多再重的活，又能怎么样呢？明知不可为，为什么还要执意干下去？

父亲不肯，只是让他回家等着上学。他都难以相信，父亲居然还能如此撇开现实，依旧一味地安慰他。无奈，他要求换一家活儿轻一点的、安全管理规范一点的工地。父亲还是不肯。他从小到大，总是惧怕于父亲严厉的目光和大声的斥责。这次也不例外，还是在父亲的怒骂中离开了。归程中，他一路泪水纷飞。

十几天之后，余伯突然慌里慌张地带来了话，说他父亲从脚手架上摔了下来，因为防护网质量没过关，伤得不轻。

他奔到医院的时候，看到病床上的父亲身上包了好几道绷带，头上包了厚厚的纱布。父亲看到他来，挣扎着想要起身，他赶紧奔了过去扶住了父亲。他看到，伤痛中的父亲，突然舒展出了笑容，且对他说，没什么大碍，摔断了几根骨头，老板全包了医药费，还给了自己一笔钱。说完，父亲从枕头下面拿出厚厚的一沓人民币，足足有一万元。

他是拿着工地老板给父亲的疗养钱去交的学费，读的书。只是，五年后，当他顺利地在一家国企就职时，才知道父亲当年竟然是故意从脚手架上摔落下来的。

原来，父亲进城前，就铁定了要去工地上干活，且要去一家安全管理不规范的工地。因为父亲知道，那些安全管理不到位的工地最怕工人出事。为了息事宁人，封住父亲的口，老板很爽快地付了所有的医药费，并另外支付了一笔钱。

他终于在泪水中明白，在爱的名义下，任何困难，都不能阻碍父爱的步伐。

有些爱，无法重来

1919年，精通音律、书画且酷爱文学的石评梅考入北京女子高等师范学校，开始了她崭新的人生之旅。那年，她正值17岁的如花妙龄。

随后的几年生活，她在那里结识了冯沅君、苏雪林等人，并与她们一道在各种报刊上发表散文、诗歌。那时的石评梅，逐渐声名鹊起，在校园内引起了极大的关注，其间，包括很多对她心生倾慕之意的目光。石评梅继续徜徉在她的文字海洋之中，一任时光在笔端浪漫地倾泻着。直到那天，一个面容俊秀、潇洒倜傥的青年人闯进了她的心扉。在她本就流泻着春意的心间，骤然绽放出了一个鸟语花香的春天。

他们从陌生到相识，从相识到相知，再到相爱……那段时光里，石评梅小鸟依人般地偎依在他的身边，爱得痴狂，爱得迷恋……

就在石评梅陶醉在对爱情的向往时，等待她的却不是大红的凤冠霞帔，洞房花烛……

那天，当她看到自己心爱的人居然与另一女子两情缱绻、你侬我侬时，以前的山盟海誓、花前月下顿时烟消云散。当她质问他的不忠时，得到的不是解释，而是不屑的眼神和鄙夷的嗤笑。刹那间，石评梅的心湖干涸了，再也泛不起一丝涟漪。

然而，上天仿佛注定了她的生活会再掀波澜。

1923年秋，石评梅留任该校附中女子部主任，兼任国文系教员。也就

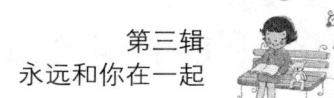

在那一年，身为北京社会主义青年团第一书记、时年27岁的高君宇走进了她本已心如死水的生活。

"若要我说出一生最大的幸运是什么，那便是遇到了你；若要我讲出一生最为之惊艳的人是谁，我还是将目光定格在你的身上了。"这是高君宇给石评梅第一封情书里炽烈的文字。

那时的高君宇，第一眼看到石评梅的时候，便深深地痴迷上了她，且情比金坚地向她一次又一次表示爱意。

石评梅接到高君宇的来信之后，婉言谢绝了他的追求，继续平静地在文字间耕耘着，不理会尘世间的千般柔情、万般爱意。可她哪晓得，高君宇对她的天般高、海般深的情意，又岂是她一次拒绝便能抵消得完的？

内心痛苦的高君宇，又在红叶上题写了这样几句诗："你的所愿，我愿赴汤蹈火以求之；你的所不愿，我愿赴汤蹈火以阻之。不能这样，我怎能说是爱你！"满以为，自己这般的真情就算不能完全打动石评梅，但至少也能够让自己在她心中的分量更加重一些吧。

然而，高君宇的期望再度落空——石评梅仍然是冷眼相待，无动于衷。这次，高君宇不单单是痛苦了，而是陷入了疯狂迷恋。终于，他抛却了书信的形式，而是面对面地向石评梅表达了自己的爱意。彼时，他的眼神是那般炽热，心中的无比爱意已从无形化为有形，热浪滚滚地涌向淡漠的石评梅。对面的石评梅，面对高君宇如火般的真情，最终还是抛下了一句"我们真的不适合"之后，便转身离去，空留下呆立在当地的高君宇。

饭也不香了，梦也不甜了……高君宇的生活，由阳光普照陷入黑暗无边，从鸟语花香沦落到凄风苦雨。石评梅的容颜，始终不能从他的脑海里离开。

其实，高君宇不知道，以他那出众的才华，石评梅面对他的数番真情表白又怎会无动于衷呢？石评梅虽然也喜欢高君宇，却始终因为初恋的失败而抱定独身主义的宗旨，从而固守着"冰雪友谊"的藩篱。其实，他只消再进一步向石评梅表白，或许，期待已久的爱情就会得到了。可惜，偏偏事与愿违，高君宇因为工作需要，暂时离开了石评梅所在的学校。

1925年初，高君宇和私交甚好的周恩来互相吐露了心中的爱情隐秘。那时正任职黄埔军校政治部主任的周恩来，虽然暗恋着天津达仁女校的邓颖超，但在恋爱问题上还腼腆万分，一直未能表白心意。高君宇听说之后，欣然担起了鸿雁传书的信使，在回京探望石评梅的途中，将周恩来的求爱信转给了天津的邓颖超，并最终促成了一对革命伴侣。

随后，正待以礼物赠送为表白方式的高君宇没想到，死神向他张开了双臂。

1925年3月，高君宇因猝发急性阑尾炎医治无效，在北京协和医院不幸逝世，年仅29岁。高君宇临终时还念念不忘石评梅，让人转交了送给她的礼物，且留在世间的最后一句话便是："没想到，我促成了周和邓的爱情，却始终不能成全自己和评梅的佳话，苍天弄人呀……"其间的凄凉，让在场的人无不潸然泪下。

得到噩耗的石评梅，如闻晴天霹雳，顿时昏厥在了地上。她醒来之后，悲恸大哭出声，后悔当时没有接受高君宇的爱意。一切的醒悟，都已经迟了。因为，高君宇对她的爱，已无法重来。按照高君宇的遗愿，石评梅将他安葬在了北京陶然亭公园内。每个星期天和清明节时，石评梅必到墓前挥泪祭扫，悼亡追悔。高君宇的死，让石评梅痛不欲生。因为，她那时才真正认识到：君宇是一个伟大而多情的英雄，只有他才是她忠诚的情人，才是她生命的盾牌，才是她灵魂的保护者！

她说，她和君宇"生前未能相依共处，愿死后得并葬荒丘"。这样，过了三年多，石评梅终因悲伤过度，于1928年秋病逝，年仅26岁。她的最后一篇作品叫《墓畔哀歌》：假如我的眼泪真凝成一粒一粒珍珠，到如今我已替你缀织成绕你玉颈的围巾。假如我的相思真化作一颗一颗红豆，到如今我已替你堆集永久勿忘的爱心。我愿意燃烧我的肉身化成灰烬，我愿

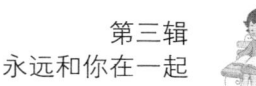

放浪我的热情怒涛汹涌，让我再见见你的英魂。

石评梅的遗体最终和高君宇一起，葬在北京陶然亭公园内的西湖之滨、中央岛西北山麓丛林之中。丛林之中那两块晶莹的汉白玉碑上，"高君宇"和"石评梅"两个名字，不知让多少后来人为他们凄艳的爱情故事而动容、落泪。

衣服下面的忧伤

去年夏天，老张像是变了个人。

以前，大家都叫他铁公鸡，吝啬得对待自己都很苛刻，可现在，老张每日三餐，至少两顿带肉。工友揶揄他开窍了，老张笑说："人活一辈子，亏谁都不能亏自己。至于钱财，都是身外之物嘛。"大家暗笑他死要面子，明明人老胃娇贵，却非把自己说得那么有境界。

老张去车站接从北京读书回来过暑假的儿子。那一天，天热得像下了火，别人都是短裤短袖，他却穿得衣裾整齐。长袖的上衣，及脚跟的长裤，像个不合时宜的怪人，一路回头率很高。

晚上喝酒时，大家说，老张，你个大老爷们大热天的，怎么像个娘们似的，喝个酒干吗还衣裾整齐？老张瞧瞧文绉绉的儿子，笑笑不语。老王笑话他："以前你不都是穿个大裤衩子就喝开了吗，今儿个有文化啦？"大家都笑，笑老张在文绉绉的儿子面前，居然也装起风雅。

工地上什么都简陋，洗澡也是，找个没人的空地儿就行。以前，大家都是你帮我擦擦背，我帮你搓搓灰，互助又有乐。而今晚没人帮老张，大家都起哄："老张，让你的大学生儿子尽尽孝道，给你擦擦背。"

老张的儿子立马走过来说:"爸,儿子来帮您擦背。"

老张的眼睛湿了,记忆回溯到十几年前自己帮儿子洗澡的情景。是呀,自己都五十多岁了,还没享受到儿子给自己擦背的滋味呢。虽然如此,但老张还是使劲地摆手,坚决不让儿子擦背。就连单个儿洗澡,都躲着儿子,一个人端着盆跑到僻静的地儿。

大家都笑:"老张呀,老张,你可真是没出息。一个大老粗,见着个读大学的儿子,就羞成这样?"大家笑,老张的儿子也跟着憨憨地笑了起来。

老张的儿子在工地上陪着大家过了足足两个月,帮大家干活,给大家讲北京的新鲜事儿。而老张,也足足地穿了两个月的长衣长裤。大家都说,一开始如此"庄重"也就算了,难道还一直这样"庄重"下去?更何况,在自己儿子面前,还用得着如此吗?老张每次都笑笑,任大家怎么说,也不肯换短打的夏装。起初,大家还都认为老张迂,再往后大家就觉得老张是怪了。

九月初,儿子走的那一天晚上。老张和大家一起洗完澡后,脱下长衣长裤,换上凉爽的短袖短裤,端起面前的一碗酒,对大家说:"干!"一仰脖子,咕噜一声便把酒入了腹。

老王翻了翻眼睛,打趣道:"哟,你老小子今儿个又恢复常态了。瞧你前阶段,铁公鸡变成大富豪,大吃大喝的,一点都不心疼钱。这就算了,儿子来了,还装得自己跟文化人似的,长衫长裤的,整个就一字——装。"大家立即附和起来。

老张沉默,良久,才低声说:"咱省了一辈子钱,还不是为了家,为了孩子。猛吃猛喝,咱是想长点肉,免得孩子来了见着,心会疼。"

大家也沉默了,忧伤有点弥漫起来。老王有点哽咽,说:"那个不说了。那我问你,儿子给老子擦个背,不天经地义的吗?你老小子不让也就得了,还一个人跑到鬼都见不着的地方去洗。"

老张二话没说，噌地把上身衣服脱下来，指着满身干活留下的伤疤说："你们身上的疤，如果给孩子见着，就不怕他心疼吗？"

大家不再说话，只是默默地拿起面前的碗，拼命朝肚子里灌酒。

那一晚，每个人都醉了。

我是哥，你是弟

小时候，每一次放学走出校门，就是我最为难堪的时候。尽管我试图躲过他，但他每次都能准时捕捉到我的身影，远远地一声喊："弟弟！"然后，那壮硕得犹如铁塔一般的身躯，三晃两晃便空降到我面前。

我再怎么嘲笑他，甚至谩骂他也无济于事，因为他是个聋子。聋子也就聋子吧，可他偏偏和别的聋子不一样——他的右耳朵，几乎是整个没了，只留下一丁点的小肉块粘在上面，狰狞可憎。同学们都笑话他，而笑话他，不明显就是在笑话我吗？所以，与他同行，对我来说就是最大的耻辱。

但他对我的不友好显得无所谓，每天放晚学都会来接我，自从上次我被人家打了之后。他告诉我，别的他不在行，打架，他一个顶三个。语毕，他总是晃一晃他那健壮的臂膀。

上初中时，我在镇上的初中读书，他随着父亲在村里的煤球厂打煤球。白衣服进去的一个人，半个小时不到就会变成一个非洲汉。等到我去县城读高中时，他又到了城郊的一家砖厂上班，每个月拿着本就少得可怜的工资，一部分给了家里，一部分还要供我这个他认为是天之骄子的弟弟读书。

总有一种爱润物无声

　　那个年代里，家家户户的生活条件都很窘困，而我家几乎是村里最穷的一家。进入县城读高中后，我就更为尴尬。以前读初中时，我是全班最穷的，现在进了高中，我居然变成了全校最穷的。

　　高二那年，父亲从屋顶上摔下，整个人瘫痪了，家里更是雪上加霜。本来身体就不好的母亲，只得推了酒厂的工作，全身心地在家伺候起父亲。也就是那时起，别说读书，我在学校连吃饭都成了问题。因为哥哥所有的钱，都要给父亲疗养。

　　那一天，我已经连续几顿没吃了，只偷偷喝了点自来水。就在我饿得头晕眼花时，哥哥出现在了教室外，喊我出来后，给我手里偷偷塞了两块钱。我比画了一阵，问他钱怎么来的。他笑笑，也不瞒我，说偷了厂里的砖头卖的钱。

　　我本想把这钱给扔了，但肚子正好不争气地咕咕叫了起来。无奈，饥饿战胜了尊严。

　　有一次，他又来找我，满脸的瘀伤，一条腿好像都是在拖着走路。我知道，他一定是被发现后，被人家打的。他告诉我，他现在不打工了，批发点冰棍，满大街地跑。他有的是力气，人家转城一圈，他都转了三圈。他给我塞了几块钱之后，便跨上自行车，风风火火地走了。

　　那一刻，我的眼里突然一阵刺痛，为他的伤，为他对我的好。我不再是那个小学生了，虽然还是嫌弃他，但毕竟他是我的亲哥哥，我是他的亲弟弟。

　　我考上大学的那天，他喝得比谁都痛快，完全是放浪形骸。晚上他一边吐酒，一边拉着我的手递给我一个牛皮袋子，里面装着的满满的都是钱，数数吓我一跳，一万多块钱。我知道，这是他留着以后娶媳妇的钱，现在却要给我读书。我用手语问他，为什么要对我这么好。他啪地给了我一脑瓜子，睁着豹眼怒道："我是哥，你是弟！我不对你好，谁对你好！"

他不知道，他的一巴掌，直把我的泪逼得从心里噼里啪啦往下落。

大学毕业后，我交了女朋友，准备结婚。尽管女朋友视金钱如粪土，但她的父母却说，钱不准备好，女儿就不嫁。他闻听，操起板凳要到我女朋友家里去闹，被母亲给拦了下来。他冷静下来，便骂自己糊涂。那晚，他的灯亮了一宿。次日起来，我像是看到了一个怪物——他的头发，一夜之间全白了。不为别的，为我的事而愁的。

三天后，他可能因为心里记挂着我的婚事，一个不小心，竟然从脚手架上摔了下来。老板为了息事宁人，答应了他的要求：一次性给了他五万块钱，以后生死不论，都与老板无关。

他给了我四万块钱，说，哥留一万，哥以后也要娶媳妇呢。那一瞬间，我的泪再一次簌簌而落。我结婚了，他还没有女朋友；我是风华正茂，他仅仅比我大四岁，却已经是满脸的皱褶，满头的白发。

有一次，妻子突然问我说，人家都说天生的聋子应该是又聋又哑才对。我问为什么，她说天生的聋子因为不能听进任何人的话，也就丧失了发音的功能。我一听，对呀，我这个大学毕业的高才生怎么从来没想过这个问题呢？

哥哥是聋子不假，但他的嘴巴怎么发声一切正常？我又想起，小时候调皮，我曾经提起过哥哥是个聋子，一向疼我如命的父亲把我吊起来毒打了一顿，连从来都是护着我的母亲，那次都没有拦着父亲，眼睁睁地看我挨打。而村里的邻居，看到我和哥哥，也素来都是摇头唉声叹气，却不多说只言片语。

我回家逼问父母，母亲看无法再隐瞒下去，拼命地抹着眼泪，一边哭一边告诉我。我四岁那年，哥哥八岁。调皮的我非要把手里的双节炮（鞭炮的一种，可以拿在手里燃放）塞进他的耳朵，左耳和右耳各塞一个。然后，我用两根火柴同时点着了鞭炮。几乎同时发出两声巨响后，哥哥惨叫一声，满耳满脸是血就晕厥在地，其中一只耳朵被炸得只剩丁点儿肉块。

那次，哥哥差点就死在了我的手里。

我像离弦的箭，拉着妻子的手，拼命地向田野里奔去。我们看到了正在耕耘的他，我拉着妻子给他跪下，一边比画出当年的事，一边号哭着责问他为什么还要对我这么好。他一边轻声说："我是哥，你是弟呀！"一边又用他那粗壮的臂膀把我们扶起。

老屋是故乡的胎记

家有两套房，一套是乡下老宅，三间瓦房、两间偏房；另一套是城里的三居室新房，120平方米，精装修。

新房的墙很白，地板锃亮锃亮，能照出人影。我每天都把地拖上好几遍，桌子凳子擦上好几次，充分享受劳动带来的乐趣。

新房里有三台液晶电视，客厅是50英寸的，两个卧室是40英寸的。一个无线路由器，加个电视盒子，啥节目都能看，错过了也能回放。广告统统没有，那种追剧的感觉，真的超有趣！

书房里有台电脑，接上了网线，我常一头扎进网络的海洋中。网上购物、搞笑视频、热点新闻、在线游戏等，在高网速的带动下，玩得酣畅淋漓。我在这厢玩得不亦乐乎，妻子在卧室抱着个笔记本狂追剧，女儿抱着个iPad在客厅里笑个不停。这些，是我们以前在老宅里决然享受不到的。

就连吃饭做菜，也是很有趣味的。智能化电饭煲，自动控温的电磁炉，让妻子的手上少了很多褶皱。还有那一天开到晚都浪费不了几度电的冰箱，随时都有鲜美的食物。

冬天来，无须出门便能享受阳光。阳台上的玻璃阻挡住了窗外的寒风，而阳光却可以透过来，我手捧一本书，一切静好。这种乐趣在老家要想享受，还得边沐浴阳光，边忍受寒风不时吹来的冷意。

即便是炎热的夏天来了，也不足惧。遥控器轻轻一按，空调一开，在清凉中一觉到天亮。

我感谢新房子带给我很多以前未曾有过的乐趣，我感谢城市带给我以前从未见过的新事物，但不知道怎么的，能让我眷念的、难忘的乐趣，却仍是乡下的老宅子。

老屋的地没必要拖得那么干净，一是水泥地面，二是每天来客都很多。有近邻远亲，有良朋益友。远者来，近者悦！大家一坐下来，随便聊几句，几声大笑过后，地上就多了很多笑得咧开嘴的瓜子壳，还有几个呆头呆脑的烟头。散罢，笤帚扫几下就干净了。而新居里，一年也难得见几回客。

丰收季，老屋前有一块场地，专门晒粮食的。贪吃的麻雀常常趁人不在意，成群结队过来偷食，农人可以过去吆喝几声，但绝不会用工具捕捉他们。那时的我们，看到麻雀便张牙舞爪地扑过去，看它们被吓得四散而逃，心中的那个乐趣就别提了。

老屋后面是一小片树林，我们在里面嬉戏的时候，小鸟有时候会调皮地在我们头顶上拉屎。鸟粪无论落在谁的头上，都没人嫌脏，顶多就是指着对方头顶上的鸟粪，笑得前俯后仰。还有时候，家前屋后一头牛的眼神，一条小狗散步，即便是小猪随便哼哼几声，都能让我们发现趣味，乐在其中。

夏夜，天一热，觉就睡得不痛快。没空调，破旧的电扇无力地转动着风叶。乡下人，大体上都会选择抬张小床在屋外聊天纳凉。即便这样，入睡对人们来说也是很难的。不过没关系，那就聊天，一直聊到困了再睡。那时的我们常被热醒，眼睛一睁，却发现头顶上方划过几朵"流星"。哇,是萤火虫!便喊醒邻家的哥哥妹妹,一道去追赶萤火虫了。

就是捉迷藏,也都趣味十足。老屋里很乱,啥东西都有,可容身之处也多。更重要的是,老屋的前后,有田园竹林,有草垛,有猪圈,这些都是我们躲猫猫的绝佳场所。你抓到了藏者,会乐得手舞足蹈,觉得狄仁杰不过如此;你若是藏者,被人家给抓到,也丝毫未觉得丢人,心里还是乐开花。

老屋带来的趣味,很多很多,又哪里是我笨拙的笔可以一一描述的呢?但新房的趣,我即便天资再驽钝,也还是可以数来的。我知道,新房里不会有鸟粪落在我头上,也不会有小麻雀供我驱赶,但总觉得干净的地面,常常不如老宅的水泥地看着热乎。我确定,夏天在新房里睡觉到天明,中间不会被热得醒来。但我想,如果头上能有几只萤火虫在呼唤我,再热又何妨!想起捉迷藏,女儿更是觉得无趣。她说,爸爸,你就算躲冰箱里我都能把你给找出来!其实我更清楚地知道一点,如果停电了,新房里的乐趣将所剩无几。而老屋,越停电,趣越多!

在课堂上,曾有学生问过我,为什么我在城里已生活几年,却还将老屋惦记得如此之深。我郑重告诉他们:因为老屋的每一块砖、每一块瓦,都是由父母弯下腰、弓起背,辛辛苦苦从沃土里得来的。

乡音可以被风云载走,雁阵可以将人也带走。但老屋,它是镌刻在故乡体表上的胎记,亲情、乡情都在其间,任你时光变迁,它兀自热乎乎地存在着。

母爱之心不丑陋

夏日农村，大树下。

一群纳凉的农村妇女，有的手里拿着蒲扇，有的坐在凉席上给孩子喂奶，还有的干脆就蹲在地面上拉齐了四个人打纸牌。

不知道从什么时候开始，由谁起的头，谈到了庄稼地上。从肥料给养上，聊到了农药品种上，又谈到捆扎方法上。慢慢地，她夸你家的庄稼长势喜人，你又夸她家的庄稼地地势有利，肯定有个好收成……一时间，都是你夸我，我夸你的。

一会儿，又讲到了衣服穿着上。哎哟哟，这也不得了。一会儿你夸她的衣服颜色鲜艳，穿在身上，那可真是出风头。她又夸你的衣着款式新颖，走在村里，谁都暗地里羡慕得不得了。

就在大伙儿正聊得起劲时，村东的王嫂提起了自己在城里读高中的孩子：学习成绩好，天天都被表扬，奖状那是贴满了家里每一面墙。王嫂说得唾沫飞舞，脸上的神情和凯旋的将军一模一样。

张嫂一听，短暂一想，便接上了话茬："俺家孩子，成绩虽然不是怎么好，但老师说了，他劳动最积极，从不怕苦，从不嫌脏，还是劳动委员呢。"

话音刚落，就有人笑了起来，说她家那孩子就是因为成绩差，除了劳动还能干啥。张嫂一听，就白了笑的人几眼，气呼呼的只顾扇扇子。

李大姐告诉大家，她家那孩子虽然不如王嫂家的孩子读书好，但现在在外面大城市里打工也不错，每个月能拿一千多块钱。而且，每个月底都按时寄给家里五百元。李大姐环顾了一下四周，大声说，这教育孩子，最重要的是什么？

大伙沉寂，都看着李大姐。李大姐得意地笑了笑，卖了个关子，慢条斯理地说，那就是俩字——孝顺。谁都听得出来，李大姐这句话里特别把最后俩字加强了语气。

难道成绩好的孩子，将来就不孝顺？王嫂一听这话，脸上顿时失去了笑容。

先前的欢声笑语没了，代替的是一会儿静下来一会儿又吵起来的争论声。

正巧，这一幕被途经此地的雷音禅师和一名弟子所看到和听到。

雷音禅师笑问弟子："这一幕，你看到的是什么？"

弟子行了个礼，答道："这正是所谓的俗语云'女人总是喜欢夸别人的庄稼好，夸自己家的孩子好'。"

弟子接着补充："弟子看到的是，人的丑陋——自私自大、虚荣和伪装，以及善变。"

雷音禅师高喧了声佛号，笑着点点头道："你看到的和你回答的都很对。但是有一点你别忘了，她们是自私自大，也虚荣，也善变，也伪装，但你没看到的，是一颗名字叫母亲的心。至少，母爱之心不丑陋。"

的确，这是一群生活在农村，没有什么文化、没见过什么世面，甚至确实自私虚荣的妇女，但她们有一个共同的名字——母亲。

爱你，就至死不渝地守望

月华如水的那夜，他虔诚无比地向她表白："我至爱的阿姬曼·巴奴，遇上你，怕是我的心，将被你永久地俘虏了。"在他心目中，精通琴棋书画的她是一个仙女，却更是仙女不小心滑落在人间的一滴泪珠，将在

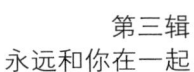

他的心灵地平线上，凝固成永恒，幻化为不朽。

而高贵、优雅的她，一个具有波斯血统的绝世美女，亦被这个戎装在身、纵横沙场的青年英雄的缱绻深情所打动，轻轻偎依在这个叫作库拉姆的男人怀里，点头呢语道："我想，我是注定成为你的新娘了。"

那年，阿姬曼·芭奴年仅21岁。仿佛自那时起，上天就注定了如水般清澈、如琴音般婉约的她，将与这个当时名为贾汗吉尔国王的三王子共伴一生了。

公元1624年，也就是库拉姆与阿姬曼·芭奴婚后的第四年，因为战绩斐然、功勋卓著，库拉姆在纷争不断的宫廷中的地位越来越高。踌躇满志的库拉姆，经常牵着阿姬曼·芭奴的皓腕说，要让她成为这个世界上最高贵、最幸福、最有地位的女人！每当这个时候，阿姬曼·芭奴总是轻轻止住他的话语，说，我不要权力、不要地位，我只要你真真切切地疼我、爱我！哪怕你就是一个普通百姓也好。

细想，在遇到库拉姆之前的阿姬曼·芭奴，琴音袅袅间充满诗情画意，言谈举止中满是雍容典雅，不知打动了多少青年人的心扉。那时的她，甚至是鉴于此，而显得高贵之中有一丝傲气。而现在，她却小鸟依人般，就这样痴痴地因为爱而对库拉姆至死不渝了。

后来，阿姬曼·芭奴跟随着库拉姆，浴血战场，栉风沐雨，在充满血泪和汗水的岁月里，又走过了十几个年头。那段年华，因为情到深处，即便流血流汗，库拉姆的脸上却从没显现过一丝的忧郁和不快；那段岁月，因为爱到浓时，哪怕再苦再累，阿姬曼·芭奴的心湖里却始终荡漾着幸福的涟漪。这到底是怎样一种琴瑟和谐、两情相悦，才有了今番的举案齐眉、心心相印啊。

尽管阿姬曼·芭奴不要名、不要利，但库拉姆一直用实际行动来履行当初的诺言。

公元1628年，经过一番鏖战的库拉姆终于从众王子中脱颖而出，从父亲的手中接过王位，并给自己取名为沙杰汗，意为世界之王。刚登上权力巅峰的库拉姆，欣喜之下，赐给了阿姬曼·芭奴一个在宫中最高的头衔——泰姬·马哈尔，且在无人时就向阿姬曼·芭奴"报喜"，说自己实践了当初的诺言，让她成了世界上最有地位、最幸福的女人。阿姬曼·芭奴只是淡淡一笑，幽幽道："假若，你不是国王，难道我就不幸福吗？"库拉姆那时才醒悟过来，伴随自己出生入死的阿姬曼·芭奴，何曾将那些凡夫俗子才视若生命的功名利禄放在眼里？

自那时起，这个贵为沙杰汗的库拉姆，对阿姬曼·芭奴的爱更深更浓。由爱酿成的酒，便在岁月流逝中愈发浓香长久。库拉姆认定了，这辈子，就这样和世上最好的女子阿姬曼·芭奴白头偕老了。

然而，好景不长，意想不到的事情终于发生了。

1631年，雄心勃勃的库拉姆率领大军出兵南征，平定叛乱。可是，他无论如何也想不到，这个决定，居然是致使他和阿姬曼·芭奴爱情灰飞烟灭的不归路。在这场战争中，一心为库拉姆生育更多儿女的阿姬曼·芭奴，在生产时却因为突发事故，最终难产而死，当时年仅39岁。阿姬曼·芭奴的死，顿时将库拉姆心头所有的阳光全部抽走，也将他关于未来的幸福图画上全部的色彩抹杀，唯余一片寂寞的苍白。

悲恸万分的库拉姆决定，要为阿姬曼·芭奴新建一座全世界最美的陵墓，以表他对阿姬曼·芭奴的思念之情。同时，下令宫廷为她致哀两年，禁止一切娱乐活动。

1633年，在库拉姆选中的印度北部亚穆纳河转弯处的大花园内，这座被定名为泰姬陵的绝美建筑开始动工兴建。1650年工程竣工。这座后来被誉为世界七大奇迹之一的泰姬陵，在历经17年的漫长工期之后，终于以华贵绝美之态呈现于世人面前。

但谁也没有想到，就在这一年，库拉姆的儿子奥朗则布就弑兄杀弟篡位，且准备将老国王库拉姆终身幽禁。英雄一世的库拉姆遭此变故，却并没有表现出太多愤怒和悲哀。或许，从阿姬曼·芭奴死的那刻起，他的心

就"死"了。在选择被幽禁的处所时,库拉姆放弃了条件优越之处,而选择了异常凄苦的八角宫,理由只有一个:这里离泰姬陵最近,只需要透过窗户,就可以看到不远处的泰姬陵。就这样,曾经金戈铁马、叱咤风云的沙杰汗,现时却凄凉地"守"着阿姬曼·芭奴的陵墓,哪怕只是遥遥相望亦无怨无悔。沉重的忧伤和落寞心情,就这样浸透着他剩下来的生命,直至他最终忧郁而死。

300多年过去了,2006年的一天,韶关市一个摄影爱好者在印度泰姬陵拍摄时却有了震惊世界的发现——泰姬陵在水中的倒影呈现了泰姬的少女形象。这是全世界首次有人发现这个现象,在当时就引起了中印两国有关部门的重视。

而现在,当人们流连于圣洁美丽的泰姬陵时,却很少有人想到,这座被誉为世界七大建筑奇迹之一的泰姬陵,居然是由300多年前的库拉姆和阿姬曼·芭奴的爱情绝唱造就而成的。更很少有人知道,泰姬陵倒映在河里的少女影像,居然是那个曾经傲视众生的沙杰汗库拉姆因了一段情殇,用一颗至爱永恒的心构思而成。一切的一切,只是为了生要爱她,疼她,死也要永远地守望着她!

永远和你在一起

祖父一手好木匠活儿,年轻时曾在扬州待过一段时间。他和普通的木匠不一样,除了做家具,那双手还能雕刻出许多栩栩如生的木偶人。原木翻转、刻刀翻飞之间,俏生生的梁山伯、祝英台便从他手中翩然而现。

那时候的祖父,凭着这个好本领,加之英俊的面容,不知吸引了多少怀春女子的目光。她,也不例外。在一个黄昏时分,趁着斜阳的余晖,她远

总有一种爱润物无声

远地看着低头干活的祖父。鬼使神差地，祖父不经意抬头间，也看见了明眸皓齿的她。她朝祖父盈盈一笑，祖父那颗年轻的心，便犹如花骨朵儿一般，春天一到，砰的一声绽放了。那天，祖父送了一个"祝英台"给她。

自此，她便经常有意地经过祖父的店面。而祖父，心里满是沉醉，对这个叫作芳菲的曼妙女子念念不忘。终于，他们相爱了。

时光是七弦琴上的音符，轻快地流淌，红了樱桃，绿了芭蕉。他们的爱，亦开花，就差结果了。

祖父还未把要娶她的想法告诉曾祖父，曾祖父却先给他带来了一个晴天霹雳——他已帮祖父在家里找了个好姑娘。

祖父把与她的事告诉了曾祖父，但遭到曾祖父的坚决反对。原来，家乡的这个女孩，无论是容貌、家世，都要比芳菲强得多。祖父不依，七尺男儿，竟落下泪来。他想以死来威逼曾祖父，跪在地上叫道："我要娶芳菲，要不，我就去死。"曾祖父银须飘飞，怒语相对："你要娶她，我就去死。"

祖父知道，他与芳菲的花，是结不出果了。孝顺的祖父，不敢忤逆曾祖父的意愿，含泪妥协了。

从那时起，祖父给芳菲写了一封诀别的信，之后就再也没见过她。曾祖父让他永不去扬州，连家门都不能踏出半步，否则，就不认他这个儿子。

祖父依了曾祖父的愿，与家乡的这个女孩成家了。这个女孩，就是我的祖母。

祖父恨自己的父亲，对祖母也有一种怨，除了吃饭，大多数时间，都是一个人躲在屋子里雕刻他的作品。祖母偷偷看过，他的作品是一个女子，女子云髻高梳，眼波流转，顾盼生姿。祖母也是梳着云髻的，但祖父手中的女子，完全没有她的痕迹。

祖父去田野中散散步，祖母就挽着他的手，漫步在林间的小道上。祖母缠着他，让他也教她木雕的活儿。祖父说女人手细，干不来。祖母嗔了："我要雕一个梁山伯，陪你一生哩。"他听到"梁山伯"三个字，

心，突然一动，转瞬就淡淡地说："你刻不出梁山伯的呀。"殊不知，祖母说的"梁山伯"，就是她自己呀。

以后，祖母竟当了真，整日在祖父的身旁，目光随着祖父的手，在木屑纷飞中，四处流动。祖父拗不过她，也不和她多说，自顾自地刻些猫儿、狗儿的小动物。祖母要他雕人，祖父说不会。祖母说："那把我给刻出来吧？"祖父没细想，便答："我更不会雕女人。"刹那间，祖母的心，倏地一酸，泪水便盈盈眼眶间，不再多说。

以后，祖母就穿着出嫁时的小红棉袄，闲暇时，端坐在门前的石块上，手拿刻刀，在木料上雕琢起来。谁也没想到，这一刻，竟刻了几十年。她学得了祖父木刻活儿的精髓，也能刻出个猫儿、狗儿什么的。她将自己的"杰作"拿给祖父看，祖父也为之动容，嘴角上居然有了一丝浅笑。

祖父在田里干活，突然感觉四肢僵硬，跌倒在地上。祖母要背他回来，祖父死活不肯，怕让人瞧见了，搁不下面子。祖母笑骂他大男人主义，硬是将他负在了背上，一路汗水地背到了家中。祖父伸手拭了拭她额际的汗珠，说："瞧把你累的！"祖母笑笑："你要心疼我，就依我的样子，刻一个木雕给我。"祖父一愣，摇了摇头："老了，老了，刻不出来啰。"祖母佯装生气，推了他一下："看把你吓的，谁舍得让你这把老骨头再折腾。我看呀，你就帮我捶捶背吧。"祖母真的趴在床上，笑呵呵地看着祖父。祖父终于笑了，两只手在她的背上轻轻地擂了起来。祖母叮了一句："你要帮我永远捶背呀。"祖父点了点头。那时的祖母，和祖父一样，都已经上了年纪，腰酸背痛的毛病是常有的。

那次之后，祖父再也不沾木雕的边儿。可祖母在木雕上却愈发精神，技艺是越来越精湛。只不过，她不再像以前那样坐在门前的石头上，而是一个人在自己的房间里，偷偷地刻。

一天，祖母跌倒在房间的地上，手里还紧紧攥着一个小木偶。不知道这是什么病，毫无征兆，祖母竟然猝然而逝。临死的时候，她紧紧拉住祖父的手，满脸嫣红，一如当年少女时。祖父哽咽着问她："你有什么话，就说出来；你有什么心事，就告诉我。"祖母张了张口，欲言又止。好长一会儿，她用尽了全身的力气，抬起手，指向墙角，轻轻地说："你答应过我，要一生一世帮我捶背哩。"说完，祖母一脸幸福地去了。

祖父颤巍巍地打开墙角的箱子，发现里面有很多木偶人，各种姿态的都有，全是祝英台的装扮，面容，却全是祖父的模样。原来，她是担心有一天祖父会先离她而去，她想永远和祖父在一起呀。那一天，祖父大哭出声。

祖父把自己关在屋子里，又操起了刻刀。家人心疼他四肢不便，劝他放手。但，祖父没有理睬。直到半年后，父亲听到屋里有声响，打开房门一看：祖父盘腿坐在满是木屑的床上，正帮一个木偶人捶背呢，嘴里还念叨着祖母的名字："婉儿呀，婉儿，我帮你捶背哩，一生一世。"床上的木偶人是梁山伯的打扮，面容，赫然是祖母的模样。祖父一生的木雕作品，雕刻时间从未有超过一个月的。只有"祖母"，历时半年才完成。从祖母走的那刻起，他终于忘却了以前的女孩。毕竟，往事已矣，眼前的爱，才是最值得珍惜的。

父亲讲完这个故事的时候，我并未感到怎样悲伤。相反，感觉眼前一片桃红柳绿。父亲还告诉我，祖父那次在田间跌倒，被查出的是帕金森病，四肢僵硬，手脚不便。"祖母"刻出后不久，80岁高龄的祖父，眼睛也盲了，也便从此不拿刻刀了。

躲进深山里的爱

他们20世纪80年代结婚，迄今已共同栉风沐雨走过了三十多年。他从风华正茂的小伙子，变成了现如今白发苍苍的小老头；她从青葱年华的少女，变成了现如今身形佝偻的老妪。走过的三十多年里，他们一道经营婚

姻，保卫爱情，日子过得虽然平淡却又不失幸福。但谁也没想到，一向平淡如水的他们却在晚年要闹出一番折腾来——2007年，夫妻俩商量好了，决定从小镇上搬出去，到深山老林里生活去。

尽管他们每个人都各有一份退休工资，加起来也有四千多元，在小镇也算还可以，但他们却异于常人地节省：他们在山上搭了一所木房子，不引水，不通电，就是生火做饭的煤气灶他们也舍弃了。想喝水，步行到五百米外的小溪里去提；没有电，他们也无所谓，看看旧报纸也是一种消遣；做饭生火没有煤气，就地取材，山上有的是树枝树叶。他们还笑说，这草锅做出的饭，那才叫一个香哩！

镇上常有人上山采药，见着他们就说他们是没事找事，跑到这深山老林受苦受累。老夫妻俩相视一笑，略一解释，说没别的意思，就是为了省钱。老夫妻掰着手指头为大家伙算了一笔账：

以前在镇上，每个月的电费在30元左右，水费3元，煤气费20元左右，饭菜钱三四百元，加上老头爱打个牌，喝点酒，每个月也要300元左右，还有人情往来的份子钱也是个大头，300元是要的。逢集了，随便到街上逛逛，不缺的物品也会随手买点，这眼睛闭着每月也要花个三五百元的。老夫妻说，这到山上一住，电费水费不用交，煤气用不着，就连菜都是就地取材，可谓真的是靠山吃山、靠水吃水了。一个月平均下来，能省至少1400元，这一年算下来可就是16800元。

大家是做梦也没想到他们住进深山的理由居然是为了省钱。这真的是天大的不值，甚至是天大的迂腐！毕竟，他们的儿子已长大成人，且在南方的小城有一份不错的工作。而他们，都这么大年纪了，还这么精打细算，这已经不叫节省，而是守财奴了。

面对很多人的质疑甚至不屑，他们没做进一步的解释，顶多也就是笑笑，便兀自顾着手头的活了。直到2013年末，这对带有传奇色彩的"守财奴"，才道出了其中的缘由。也就是那时，他们从山上搬了下来，重新住进了小镇上的房子里。

从2007年到2013年这整整6年里，先来看看这期间这一笔账单：

此前，他们工作了几十年，但积余的工资也不过十几万元——人活在世，衣食住行，吃喝拉撒，人情往来，哪样都是需要花钱的，又能剩下多少呢？他们每个月的退休工资4568元，这躲进深山的6年里总计328896元。而与此前的账单对比，奇迹出现了——328896元，一分没用。

他叫刘义耕，她叫季闽丽，四川省凉山州人。几年前，当他们的儿子大学毕业刚找到工作时，在谈了几个女朋友都因为没有房子而告吹时，老夫妻俩就决定为儿子买房而做出自己的贡献。他们老了，没力气工作了，他们没有任何方法再去额外地赚钱，他们只能用这个在别人眼中"守财奴"式的"赚钱"方法，来表达爱。庆幸的是，他们的儿子面对他们捧来的积蓄时，泪水噼里啪啦往下落，表示这笔钱用在买房上，但他会用一生的爱来回报自己的父母。

当这个尘世越来越繁华、越来越复杂时，我们确实承认"钱是赚出来，而绝非攒出来的"这条铁律，但也应明白一点：总有些时候，总有些人，他们体弱力衰，他们两鬓斑白，他们没有任何赚钱的方法和生财之道。他们有的，只是一份沉甸甸、厚实实的爱，用这种最原始的方法积攒金钱，也积攒爱，他们用天下父母心，诠释了"钱是攒出来的"这句在爱的方面可以成立的箴言。

亲情不可以智能

他的生意终于走上正轨，也便可以抽出更多时间看望母亲。尤其这一年，他每个月都带着妻儿和兄弟姐妹们，一起热热闹闹地回家。

上个月，母亲给他打来电话，说想要个智能手机。他听了很高兴，立

即去店里买了一个，两天后便专程送到母亲手中，且花了整整一天时间，手把手教母亲一些基本的操作方法。饶是如此，母亲还是动辄就有不懂之处，常打来电话问这问那。他一点都不嫌烦，反而是万分高兴地给母亲讲解。他知道，这个智能手机定是给母亲带去了很多欢乐。

事实亦如此。下一次回家时，他和妻儿、兄弟姐妹们都发现，母亲已经将智能手机操作得得心应手，那被岁月侵蚀得斑驳的手指，在屏幕上滑动时却是那般灵巧。就连做饭时、吃饭时，母亲的心，似乎都扑在了手机上。

大家看到这种情景，心里也是乐开了花。

以后的每个月底回家，母亲玩手机的本领比以前更牛了。游戏、新闻、微博等，啥都会玩。但他和大家都有了同一种感觉——不知怎么的，他们发现了异样：这饭吃起来，再也没有以前香了。

是呀，怎能有以前香呢？以前，母亲看他们回来，会放下手头所有的活，专心致志地淘米做饭，择菜下锅，切肉烧鱼。母亲对待每一道菜，都像是在雕刻一件珍稀的艺术品，丝毫不敢马虎。而现在呢，母亲做饭炒菜的时候，都变得心不在焉了。特别是吃饭的时候，一家人聚在一起，给母亲夹菜，她头都不转一下；给母亲盛汤，母亲都始终眉眼不抬。手机，似乎比吃饭、比儿女回家还要重要。

一家人看在眼里，虽然心有不乐，但苦于她是母亲，也不便直说。终于在那晚，他委婉含蓄地表达了自己和其他人的看法。母亲微微一笑，说："儿呀，你是不是怪妈整天把心思扑在了手机上？"

他的脸一红，闭口不语。母亲摸了摸他有点谢顶的头，柔声说："妈玩手机，你们看在眼里。可是，你们每次回家，人人抱着手机低头聚精会神时，又何尝体会过妈的感受呢？"

他的心，猛然一震——是呀，他们每次回家，每个人都抱着手机躲在一边玩耍，又有谁看到母亲做饭菜时的操劳和专注？热腾腾的饭菜上了桌，每个人都紧紧盯着微博、QQ，又有谁在意过母亲那盛满了期盼的

总有一种爱润物无声

眼神?

他的泪瓣里啪啦地流个不停,终于在泪水里明白,原来母亲是用这种方式来倾诉内心的孤独。细想来,其实真如母亲说的那样,亲情就好比手机,最原始的功能机就很好,朴实简单,不喧嚣,不浮华,不矫情。母亲企盼的,只是他们回来时,一家人聚在一起聊聊天,痛痛快快地吃顿饭。别的,再无所求。

他打电话告诉妻子还有兄弟姐妹,说,啥都可以智能,亲情永远不能智能。下次再回家,啥都能不带,但要带着一颗心;啥都能带,就是不能带手机!

名片上的"真经"

在没遇到他之前,我是怎么也不会想到,一个出租车司机的心思,居然可以缜密细致到如此地步。

他四十岁上下的年龄,或许是开出租车时间久,见识也广,不大的眼睛里闪动着智慧的光芒。我叫他李哥,认识他,缘于一次乘坐他的车。

车上的他很健谈,大江南北、天涯海角的新鲜事,似乎都装在他的脑袋中。和他聊起出租车的营生时,他说生活还可以,一个月什么都除去,还能落个万儿八千的。

我一惊,小城的出租车行业里,收入高者在五千元左右,而且是极少数的。而跑车的,大多数都是在三千元左右,像他这么月挣万儿八千的,即便是放在一线城市里,也算得上是高收入了。我觉得特别不可思议,而他也看出了我心中的疑惑,笑说:"怎么?不相信?告诉你,我的回头客多,收入自然也就多。"

他跟我讲起他的生活:小城里有套一百平方米的房子,年前又投资了

一套小面积的公寓房,还给老婆买了一辆小车上下班用。小日子,虽然不是大富大贵,但在小城上班族里,绝对算得上是让人眼红的了。

但是,别人开出租车的收入在三千元左右,他却能挣到八千元以上,到底有什么秘诀呢?我想从他的嘴里知道答案,但是还没来得及问,就到了目的地。

下了车,我把车费给了他,他又双手递给了我一张他的名片。我看他用双手递过名片,心里一动:没想到一个普通的开车的,却在细节上如此认真。

待他走后,我细细打量手中的这张奇怪的名片——它比我见过的一般名片要大出一圈,而上面的内容更是让我吃了一惊。这张名片上,除了常规的姓名、职业、电话、广告语之外,多了一些并不常见的内容:他的身份证号码、住宅地址、车辆信息、个人从业经历,包括家里有一个读高中的儿子、一个读小学的女儿,都一一写在了上面。我马上就明白,为什么他的车,会有很多回头客。

也许你会很奇怪,甚至很不明白他为何在名片上添加这些内容,但这都不重要。因为,这张名片传递给你的信息是"安全"两个字。一个家庭情况如此清晰的人的名片,任是谁拿在手中,心中也会油然生出一种强烈的安全感。更重要的是,名片上隐含着的温暖,亦会在无形间瞬间击中你内心最柔软的地方。

能不能对我说一声"谢谢"

手机响了,是一个陌生号码,听声音却有一点点熟悉。

"一个月前,我在公园里救过您落水的孩子。您……还记得吗?"男人在电话里小心翼翼地探问。

总有一种爱润物无声

　　他说到这里，记忆便像闪电一样在我脑海中苏醒过来。他沙哑的嗓音，让我的眼前，迅速浮现出一个面容憨厚、肤色黑黑的身影，他就是那个在公园池塘里救起我女儿的农民工。

　　我"啊"了一声后才反应过来，便连忙对着电话说："恩人，我记得，记得。"

　　那端沉默了一会儿才对我说："您的电话，我是在小区物业处打听到的。给您打电话，只是想跟您说一声，那天，您可能因为太过紧张，抱着女儿就走，却对我连一声'谢谢'都忘记说了……"

　　我连忙致歉，并连说几声"谢谢"。我还解释说，那天是因为女儿被救后的兴奋而疏于对他表示谢意了。他朗朗笑说，没什么，现在听到我亲口说的"谢谢"，就足够了。

　　挂了电话，我和妻子便买了大包小包的东西，还在里面塞了一千元面值的购物卡，辗转打听到了他在公园附近的建筑工地。面对我们表示谢意的礼物，他死活也不肯收，但我们也是死活不肯拿回去。最后，他不得不收下了。

　　回来的路上，妻子笑眯眯对我说："怎么样？我说他一定会收下的，只不过有些样子人前还得要装的。要不然，哪有救人之后，还专门打电话过来要求说一声'谢谢'的呢？"

　　我说，不管怎么说，人家救了我们女儿，这点小小的心意远远不如人家的恩情。听我这么说，妻子也觉得惭愧，便低头不语。

　　两个月后，我们收到一条短信，是那个农民工发来的。短信上说："我专程打电话给你们讨要一声'谢谢'，只是因为我想要一声'谢谢'，就这么简单而已。我觉得，我做了好事，啥都不图，但想得到对方的感谢，这是最起码的尊严。更重要的是，如果每个人做了好事，连一声感谢都得不到，好人的心岂不会变凉？"

　　那天，我们开门的时候，在门口看到了几大包东西——正是我们两个月前，送给他的那些礼物。

我们感谢他给我们上的精彩一课，让我们懂得了有些索取不是像我们想象的那样具有目的性，而是让这个世界更温暖所必需的索取；我们更懂得，有些善意的双手之所以伸过来，就是为了帮助更多人，温暖更多的心，而非图取回报；而被帮过被温暖过的人，给予一声感谢是最起码的尊重，也是回赐给对方使之心头温暖的最高贵的礼物。

墙上良心

房子前身是厕所，因为新农村建设，邻居把它改造成了储物间。本想放置一些物品，但因为小镇靠近市区，且房租远远低于市区，很多在市区的外来务工者都来小镇租房，所以邻居也学着别人，贴出了出租房屋的小广告。结果没用半个月，就被人租下了。

房子不过9平方米，一张小床放进去，再加上简单的生活用品，整个空间就显得逼仄狭小了。人在里面，想前后转个身都很难。然而，老李带着8岁的儿子住在里面，每天却都过得怡然自乐。

老李来自于安徽淮南，不到50岁的年龄其实并不老，只是因为风霜过早染白了他的头发，再加上身形佝偻，脸上沟壑纵横，显得60多岁的样子。他在市区里做建筑瓦工，每个月也能拿四五千块钱，在这里已算得上是不低的工资了。但老李从没为自己买过一身新衣服，从没下过一次馆子，即便是孩子，也很少给他添衣加物，更别说吃的玩的了。

不是老李抠，实在是他的背后有着伤痛——家里70多岁的老母亲需要他赡养；妻子因为车祸瘫了；还有三个孩子，老大和老二一个读大学，一个读高中，最小的跟着他来到了陌生的城市，就读在农民工子弟学校。家里实在难，全靠他一个人撑着。老李说，钱是挣来的，也是省出来的。知道老李故事的人都会在背地里叹口气:"他若不省,还能怎么办呢?"善良的邻居看他可怜,在第三个月时,把每月200元的房租减免了50元钱。

老李在这里总共干了16个月,然后便决定回家干,哪怕钱少挣一点,毕竟离家近,心里踏实。为此,老李让邻居张贴出租房屋的广告,说自己马上要走了。

老李临走前一晚,邻居夜里起身,发现他屋里还亮着灯。邻居想,怕是明天就要走了,老李今晚睡不着了吧。

次日早上,邻居早早起床,准备帮老李收拾一下东西。可是他刚进屋,就闻到了浓浓的乳胶漆味道,而老李和孩子正倒在床上呼呼大睡。房间四周的墙壁上,被乳胶漆粉刷得崭新明亮,雪白雪白的。

邻居很纳闷,叫醒了老李,问他:"你刚住进来时,怎么不粉刷粉刷,好好打扮打扮自己的居住环境?"老李憨憨一笑,不好意思地回答他:"不是舍不得花钱嘛!"

邻居更加郁闷:"那你今天都要走了,却为何破费来……"

老李看出邻居的疑惑,忙打断他的话:"孩子调皮,这一年多常在墙上涂涂画画,把好好的墙壁弄脏了。我寻思着,俺得把您的墙弄好才能走。怕您不答应,所以就偷着忙了大半夜。"老李看着雪白的墙壁,像是在欣赏一件杰出的艺术品,得意地笑了起来。

邻居当时就忍不住了,转过头走到无人处偷偷地落下了眼泪。邻居说,他做生意多年,天南海北的啥人都见过,但像老李这样活得低到了尘埃里,灵魂却高贵得让他无比仰视的人,还是第一次遇到。

以后的日子里,邻居逢人就说:"那是满满的一墙良心呀!"

第三辑
永远和你在一起

我想静静看着你

起初,他对母亲的行为感到万分难以理解:自己身为南方一家公司的部门主管,年薪近百万元,不愁吃,不愁喝,一个人足以养起整个家;但母亲却屡屡不听劝,一不肯跟他来到南方,二在老家居然始终闲不下来,整天忙这忙那——譬如养花种草到集市上去卖,耕田织布来贴补家用。

后来他才渐渐明白,母亲生于故土长于故土。故乡对她来说,是融合在血脉里的情结,永远都割舍不了;他也明白,母亲一生劳苦,早已将劳动当成了一种享受,天天闲着身子骨对她来说无异是一种痛苦。所以,母亲闲时养个花种个草,织个十字绣啥的,他也没多说什么。但最近有件事,让他实在郁闷——听姐姐打来电话说,母亲在镇上找了个保姆的工作,替人家洗洗衣服,做做饭,哄哄孩子。更让他难以接受的是,母亲给人家做保姆,居然一分钱工资都不要,唯一的条件就是一日三餐能在雇主家和他们一起吃。

他给母亲打去电话,劝她赶快辞去工作,好好安享晚年。母亲只是在电话另一端"嘿嘿"笑着,说就是喜欢保姆这份工作。他有点生气,说不缺吃不缺穿,为什么好好的要去做保姆?既然说是闲不下来要去做保姆,可又为何一分钱工资都不要?母亲还是不做解释,只是一如既往地在电话那头笑,还说他小,有些事情永远都不明白。

打了多少通电话,母亲每次都这样说,所以他也气馁了,也就不再劝导母亲。只想着,等到年底回家时,当着面劝说母亲才行,非得让她把这份工作给辞了不可。有时候,他想着想着就会落泪——母亲操劳一生,含辛茹苦地把自己拉扯大,现在眼看着自己成家立业,在南方发展得也风生水起,怎么能让母亲在晚年的时候还吃这种苦?

日子过得很快,转眼间春节就快到了。他带着妻儿,驾车几百公里回到了老家。拨打母亲的手机,母亲说正在雇主家的小区里带着孩子遛弯

总有一种爱润物无声

呢。他又到了小区，在小区的广场上看到母亲正带着一个三四岁的孩子在戏耍，额头上被风霜染白了的几绺银发，随着一阵寒风过来便顺风抖动着。他心里一阵酸楚，泪水就止不住地落了下来，慌忙大步迎上前去叫了一声："妈！"说着，便把手里特意给母亲买的棉绒大衣给她披上。

母亲把孩子安顿好，然后便结束了一天的工作，跟着他回到了家里。他心疼她，让她明天就别上班。儿媳也怕她累着，催着要去见雇主。就连小孙子都一口一口奶奶地叫着，让她别这么辛苦。见儿子和儿媳都急得要落下泪来，她最终妥协了，道出了自己义务给人家做保姆的原因。

母亲说，帮人家带带孩子，看着孩子，就会想起小时候的他。她不要工资，只要求在雇主家一起就餐，也只是因为看着孩子的父亲，就会想起现在的他。吃饭时，看着孩子像小老虎一样狼吞虎咽，看着孩子父母一家其乐融融，她的味蕾上，就多了一种叫作"家"的味道。

母亲拉着他的手说："儿子，那个孩子的父亲和你一般年纪哩！看到孩子和他，就好像看到小时候的你和现在的你呢。"母亲说话的时候，脸上神采飞扬，颇为自己的聪明而得意。

蓦地，刚才还振振有词的他就呆住了。饶是他思维再敏捷，心思再缜密，也想不到母亲去做保姆的原因居然是这样。是呀，天下的母爱何其深奥，儿女又如何能轻易读懂呢？

他偷偷抹去泪水，晚上睡觉前把事情告诉了妻子，还商量说："明年，我们回家发展好吗？"妻子也泪水盈眶，看着熟睡中的孩子，重重地点了点头。

第四辑

我曾与世界温暖相拥

总有一种爱润物无声

永不求救

太阳落山,金色的光辉洒在一望无际的草原上。汤姆斯驾着车,载着妻子和女儿,在草原上纵情驰骋。今天是他和妻子萝莉特的结婚纪念日,也是女儿凯瑟琳的7岁生日。他们决定在这个极具纪念意义的日子,驾车到美丽的大草原上游玩。

眼看日落西山,天地间最后的一抹余晖也将散去,汤姆斯选了一个平坦的地方将车停了下来。他在车旁升起了篝火,萝莉特拿出香肠、烧鸡、啤酒等,开始张罗晚餐。

尽管天色已晚,汤姆斯还是瞥到远处草地上开着一簇黄色的小花,那些不知名的小黄花迎着晚风轻轻摇曳。汤姆斯想到萝莉特身上的黄色裙子,心中蓦地一动:"妻子最喜欢黄色,我何不把那些花儿采集在一起,亲自交到她手上,给她一个意外的惊喜?

汤姆斯趁萝莉特和凯瑟琳没注意,蹑手蹑脚地向远处走去。快要接近那簇小黄花时,他突然感到脚下一沉。不好,是泥沼!他想把脚拔起,但为时已晚,泥沼中的污泥像是一只看不见的魔手,紧紧吸住他的双脚,不断把他往下拉。汤姆斯想起了灯火处的妻子和女儿,刚想张口大叫,但他的目光却陡然一呆,继而满是恐惧,硬生生地把话咽了回去。

汤姆斯把帽子摘下,把上衣脱了,裹成团,向目光尽头处扔去。他又把腕上的手表拿下来,使劲全身力气向那里扔去。泥沼中的污泥很快淹没了汤姆斯的胸、颈,在快要淹没他口鼻的瞬间,他一直看着前方的眼神突

然变得兴奋起来。死神来临之际，他脸上居然展露出了最后的笑容。

萝莉特发现汤姆斯不见了，焦急地和女儿呼喊着他的名字，但除了远处传来一声动物的吼声，她们没得到汤姆斯的任何回应。萝莉特留下女儿，拿着火把四下里去寻找丈夫，但最终还是扑了个空。就在她快要绝望时，突然发现前方草地上居然有丈夫的帽子和手表，还有他的上衣。她心里一喜，刚要上前，但另一个意外的发现却使她望而却步。原来，在那些东西的旁边，还有动物的足印。在大学里教动物学的她凭借多年的经验断定那是狮子的足印，而且是一只巨大、凶猛的成年狮子。恐惧顿时袭上心头，她撒腿往火光处边跑边喊："凯瑟琳，快，快上车！"

听到母亲的话音里满是恐惧，凯瑟琳虽然不知道发生了什么事，还是很听话地进了驾驶室。萝莉特跑到车前，一把打开车门，满头大汗地爬了进去。凯瑟琳看着神色慌张的妈妈，忙问是怎么回事。萝莉特附在她耳旁，轻声说："不要说话。前面有狮子，会吃人的狮子！"凯瑟琳打了一个寒战，赶忙闭上嘴巴，在母亲怀里瑟瑟发抖。因为车钥匙被汤姆斯随身带着，萝莉特只好关紧车门，和女儿俯卧在车上。

当翌日的第一缕阳光洒进车窗，恐惧了一夜的萝莉特拨了报警电话。两个小时之后，当地警方驱车来到这里。听完萝莉特的叙述后，警方来到了有狮子足印的地方。

探长希拉顿仔细勘察了现场，发现无论是汤姆斯还是狮子的足印，都在前面不远处消失了。希拉顿走到足印消失处，突然发现前方地面有点异样。他略微思索了一下，捡起一块石头，扔在前方地面上。蓦地，石头竟然慢慢沉入了地面。希拉顿说："果然是泥沼！"

幸好这个泥沼并不太大太深，警方动用了大型工具，终于在泥沼里捞出了汤姆斯。和他一起的，还有一只巨大的狮子。

"汤姆斯并非死于狮口，而是这罪恶的泥沼。"希拉顿拉起痛哭的萝莉特。

"不，不！"萝莉特大哭，"如果他掉进泥沼里，怎么可能不向我们呼救呢？他是被狮子追得走投无路才坠入泥沼中的呀。归根到底，凶手还是这可恶的狮子！"

希拉顿摇了摇头说："如果狮子追他，他怎么可能顾得上把帽子、上衣脱掉，还扔掉手表？他又怎么可能一边跑，一边把这些东西扔在同一个地方呢？"

探长的话确实有道理，萝莉特感到很迷惘。

希拉顿长叹一声，接着说："只有一种可能，那就是汤姆斯掉入泥沼后才发现狮子。依你所说，那时天色已黑，狮子不一定能发现汤姆斯。但你们在汽车旁升起篝火，足以吸引狮子的目光，这对你们来说无疑是致命的威胁。汤姆斯发现狮子之后，他用裹成团的上衣、帽子，还有手表，向狮子发动'袭击'，吸引它的注意力，把它引进泥沼，这样就保证了你们的安全啊！他不向你们求救，就是怕你们闻声而来惨遭厄运……"说到这里，这个昂藏七尺的男儿，眼泪汹涌而出。

我曾与世界温暖相拥

他50岁这年，身家达到数十亿，是全市数一数二的企业家。即便是在全省全国，提到他的名字，那也是赫赫有名的。特别是他的乐善好施，更是赢得了民众的一致认可。

在一次企业家访谈中，主持人问他，在他成功的道路上，最大的贵人是谁？他说，曾经，我应该是一个走向地狱的人，却因为有一个贵人，让我步入了天堂。

主持人紧追，什么样的人？

他苦笑一声说，只知道她的网名。

接着，他给主持人和在场的观众们讲了关于他自己的真实故事。

十几年前的一天，他在路上遇到了一只受了伤的小白兔，白如雪的体毛上，赫然有醒目的血迹。他一阵怜惜，连忙小心翼翼地把小兔子抱进自己怀里，急着赶回家为小白兔包扎伤口。

他小心翼翼地为小白兔清洗伤口，上了药，又用洁白的纱布替它包扎上。休养了十几天后，小白兔恢复如初了，在地上跑来跑去，煞是可爱，逗得他像个孩子般傻笑起来。

有人见他整天抱只白兔转悠，问是哪里来的，他便如实相告。未曾想到，他得到的是一个又一个冷眼。几乎每个人都说，像他这么凶狠的人，还能有如此悲天悯人的情怀？甚至有人背地里说，全世界救了小白兔都相信，唯独他不会有这好心肠。

也难怪他们这样想。他看看镜子里的自己，光是那道从眉梢斜拉到下颌的刀痕，狰狞凶狠的样子就足以让人望而生畏，就更别提还有他那双眸子里满满的恨意了。

一晚，他在网上和人聊天聊到深夜。他把小白兔的事情也讲给了对方听，对方听了后，说没想到男子汉大丈夫的他，内心里居然也这样柔软。他第一次脸红了，感觉双颊是一阵一阵地发烫。临了，他在屏幕上打了一行字：谢谢你相信我。对方回信息：这有什么好谢的，每个人的心灵土壤里都埋着善良的种子。

两三天后，他的那个网友在网上告诉他，她把他救了只小白兔的事情跟好多朋友分享了，他们都为他的善良而感动。她甚至提出要求，让他拍点小白兔的照片，好让她在网上分享，让更多的人看到可爱的兔子。他当然是欣然应允了，且满心都是明媚。

不知道怎么的，他不再把自己禁锢在房间里，而是如当年在商场上纵横捭阖的他一样,心中希望的种子再度发芽。他利用所有的渠道和资源去筹措资金,又把自己的房子卖了,然后又去租了一间廉价的房子居住。他发誓,他一定会东山再起。他发誓时,想到那个网友,竟陡然觉得内心平添力量。

他本身就是一个生意场上的高手,事业做得也是风生水起。只是在一次合作中,他被对方设计陷害,遭遇了合同上的陷阱和资产上的诈骗,他从百万富翁一夜之间就变成了穷光蛋。怒从心头起,恶向胆边生,恼怒至极的他操起一把匕首,就去了对方的办公室,二话没说就与对方打了起来。他的脸上被反抗的对方划了一道口子,而他却将对方扎了个重伤。最后,他以故意伤害罪而入狱,一判就是十几年。

他出狱之后的第一件事就是想着是否复仇,是否要让那个害他一无所有的人尝尝苦果。他犹豫着,徘徊着,但小兔子这件事却让他最终决定实施他的复仇计划。因为救了只兔子本就是件小事,但他却未曾想到,就是这样的小事,却仅仅因为他坐过牢就导致没一个人相信他,甚至还对他冷嘲热讽。

讲到这里,他顿了顿,眼睛里突然泪光闪动,对主持人说,其实,恐怕那个女网友她自己也没想到,她对他的信任,居然会让他熄灭了复仇的念头,而生出好好生活、东山再起的雄心。

他还告诉主持人和观众,他也是后来才知道,其实后来女网友说的将他对小兔子的善心分享给了朋友听,这些都是善意的谎言。她只是想,他的善意,哪怕是再小的事,都理应让更多的人去认可,去抚慰他那颗受了伤的心灵。

他的故事讲完了,就连见多识广的主持人也唏嘘不已。谁都没想到,一句良言,一句暖语,居然会产生这么大的力量。如他在节目最后说的那句话,在他出狱之后备受冷漠和遭遇不信任时,在他满心凄凉看什么都是

黑白时，是她对他的信任之言，让他燃起了希望之火。那些貌似简单的信任之言，那些看似细小的善意谎言，却让内心冰冷的他，再一次与这个世界温暖相拥。

上 香

老妇人又来上香了。

她来这已有9个年头了。9年前的某月18日，一场大火夺去了她儿子的生命。之后9年间，每个月的18日她都来这里上香。这个日子仿佛上了她的日程，风雨无阻，雷打不动。

其实，伤心人又何止她一个呢？

那场大火，夺去了19条人命。其中，单为救她被困在储物间里的儿子，就牺牲了6名消防官兵。前几年，来这里祭奠的人很多。尤其周年祭时，地面上总是布满了点点烛光，远远望去像是微型的星系，跃动着的全是亲人的哀思。随着时间的流逝，来祭奠的人也越来越少，而她，风雨必到。

她静坐下来，把香点燃，不言不语，任由泪水簌簌往下落。轻轻的啜泣声一如既往地凄凄惨惨，直把听闻者逼得肝肠寸断。又怎能怪她呢——她老伴早就去世，唯一的儿子却又被大火夺去生命，留她孤苦存活于世间。这种白发人送黑发人的伤痛，又岂能因为时间而淡忘？

不是没人劝慰她——每年每月的18日，都有人竭力劝慰她，但每次都无果。今晚，适逢全市市容清洁日，她的身旁又围上了很多人，其中包括市政部门的人。但是,无论怎么劝慰,她还是不肯这么快就离去。

新上任的领导闻听此事,心里觉得不忍,怕她身体吃不消,便走过去,足足安慰她20分钟之久,希望她能走出丧子之痛。领导还说,逝者已矣,生者要自强。

是呀,是呀,旁边很多人应和着。有人告诉她,这是新来的市委书记。

她浑浊的双眼眨动了一下,看了市委书记一眼,又死死地盯着燃烧着的香,蓦地号哭出声:"他们都年纪轻轻的,却为了救我的儿子就这么走了!6条人命,6条人命呀,叫我怎么能轻易忘记呢?"

众人好似想起了什么,目光刷地转移到那几炷香上,这才发现,她上了9年的香,一直都是6炷呀!

你也曾照亮世界

沫沫8岁时就能跑完1000米长跑全程,令所有师生都称赞。但沫沫做梦也没想到,小小的他会迎来他生命中最残酷的一场比赛——他将和狰狞的死神展开一场生死赛跑。他更不知道,一边是他和死神的赛跑;另一边,却是他养父母对他不能割舍的亲情与经济压力之间的赛跑。

沫沫命苦,生下来就被丢在草丛里,如果不是养父母听到他微弱的啼哭声,或许他与世界会更早绝缘。被捡之后,养父母当他如亲儿子,辛苦把他养大。眼看他如春天的翠竹蹭蹭地茁壮成长,命运却在他9岁那年和他开了一个大玩笑。

那是一个阳光静好的下午,沫沫在操场上开心玩耍,突然一阵晕眩过

来，眼前一黑，便跌倒在地晕厥过去。沫沫被送到医院，经诊断，结果吓坏了所有人——外周性神经母细胞瘤。这是一种极为罕见的高侵袭性恶性肿瘤，是绝症的代名词。医生不无遗憾地告诉沫沫的养父母，如不及早动手术，沫沫的生命可能无法活过半年。

钱！除了钱，还是钱！沫沫养父母拿出了一生的积蓄，可也不过3万元，与手术所需的60万元相比，真的是杯水车薪。就在他们和所有关心沫沫的师生焦灼万分时，一个记者的到来让事情出现了转机。

当地一家报纸的女记者听闻了沫沫的事，来到沫沫的病房，触及了一个大家都不敢提及的话题。她轻轻握住沫沫的手，问她："如果死亡来了，你会不会害怕？"沫沫眨巴眨巴大眼睛，脆生生冒出了一句让记者肝肠寸断的话："不怕，死了就不会痛了。"

记者忍着泪，将沫沫的事以及自己与沫沫的对话发表，立即在现实和网络上引起了巨大反响。沫沫的事情，特别是那句令人肝肠寸断的话牵动了无数人，得到了他们的援助。短短半月，捐款超过了100万元。闻讯，沫沫开心得将整张脸都笑成了春天。接下来，沫沫顺利做完了手术。

钱的问题解决了，下面需要的就是继续治疗了。但令包括医生在内的所有人都没想到的是，沫沫在短短的十几天平静期后，病情又开始反复，且不断加剧恶化。医院组织专家会诊，甚至请外地大医院的专家进行了视频会诊，但还是束手无策。无奈，只有依靠特效药先维持着沫沫的生命。所有人都在期待，期待有奇迹会出现。

三周后，沫沫头痛、呕吐，颅内高压症状不断加剧。更令人揪心的是，沫沫又相继出现了频繁的抽搐现象。这意味着沫沫的病情越发严重，回天无力了。

春节后的第六天，沫沫的主治医生将他的养父母拉到僻静处说，沫沫现在面临的已不是钱的事了。他们没听懂医生含蓄的话语。医生解释，继续治疗，沫沫的生命也不会超过一个月，是选择继续花钱延续生命，还是放弃治疗，要做出决定了。沫沫的养父母终于明白，如果奇迹不出现，等待着沫沫的只能是死亡。他们抹去眼泪，决然说，继续治疗，活一天是一天！

23天过后，阳光像是一朵朵花，透过落地窗，斜射在沫沫苍白的脸庞上。喉头已经溃烂得连呼吸都很困难的沫沫睁开眼，看着养父母，还有一群关心他的陌生人。他突然艰难地问："我花了多少钱？还剩多少钱？"

养父握住他的小手告诉他："钱的事你别管，咱有的是钱，你会好起来的。"

沫沫不答应，非要问具体的数字。养父只好告诉他，说花了70多万元，还有60多万元。

沫沫轻"哦"了一声，不再言语，胸脯急剧起伏几下，重重咳了几声。养父赶忙问上一句，你是不是有什么话想说？话说完，养父就后悔了，暗骂自己问得不合时宜。

沫沫点点头，两腮飞上一抹绯红，居然有点害羞地说："我不好意思用嘴巴说，能用笔写下来吗？"有人给他递上纸笔。他放于一旁，说，等想写的时候再写。说完，沫沫便闭上眼睛。在场的人，谁也不知道沫沫想写什么。

次日早晨，当簇新的阳光再度氤氲在病房时，疲累至极的养母突然大喊了一声："快来人啦！"

当养父和医生赶来时，发现沫沫已离开人世多时。他的右手，还耷拉在病榻一侧——半夜里，这个年仅10岁的孩子，毅然使尽全身的力量拔掉了氧气管。

人们找到了那张纸，上面歪歪扭扭地留下一行几经辨认才看清的字：对不起，我没能活下来，白白浪费你们那么多钱了！我不是故意的。

这张纸，这行字，让所有人的眼泪噼里啪啦地砸在地面上。

沫沫，可怜的他在死神来临时，想到的不是挣扎，不是恐惧，却是满

心的愧意。沫沫想到，别人的善意在照亮他、温暖他，他却因为没能战胜病魔而愧对好心人的钱；可他可能更没有想到，他留下的"遗言"，不啻世上最悲壮的箴言。他那颗世界上最洁白的心灵，却也曾照亮过别人，照亮过世界。

那个为你担惊受怕的人

网上有这样一个帖子，标题是《聊天工具给我们的生活带来了什么》。帖子发了不到三天，点击率十几万，跟帖数长达一千多条。跟帖内容十有八九都是谈QQ、微信、陌陌给生活增添的乐趣，其中提到诸多聊天通信工具的弊端的，只有短短两条。而其中一条，更是遭到了无数网友的反驳，甚至是谩骂。

这个遭到大家反对的帖子内容如下：

QQ上会出现很多假的中奖信息，还有骗钱骗物的盗号事件；微信带来了很多的骗财骗色，更有因为定位信息发生的不安全事件；而陌陌，据说和微信的性质也差不多，半斤对八两的事。

网友都觉得跟帖者太过极端——发帖者对聊天工具带来的便捷及时视若无物，反而只揪住极个别事例来做文章，观点未免太过偏激。

在反驳这条跟帖的网友中，出现了很多不理智的言行：例如不以理说理，一味地谩骂跟帖者的"不识时务"，说跟帖者是原始社会里的"原生态居民"，等等。而跟帖者的心态也似乎出奇地好，对众多谩骂者始终未回复一言。直到第11天时，这个跟帖者才再度发了一帖，内容如下：

总有一种爱润物无声

　　对不起！看了大家的发言，我只能先说声对不起！我有一个儿子、两个女儿，都在南方工作，一年难得回家一两次。他们与我相隔千里，彼此只能闻声不能见人。前两年，他们给家里装了电脑，还给我买了手机，教我用QQ视频聊天，给我讲如何用微信发布语音。但是，六十二岁的我好像越来越笨，总是教了不会，会了也很快就忘记。最后，我只学会了打打字，发点简单的帖子。

　　虽然，我对QQ、微信、陌陌的好处一点都不了解，但不代表我不关注这些东西。它们的好处越多越好，对我的儿女来说总归是好事。而我之所以只关注这些东西的负面，那是因为我怕它们会给我的儿女带来伤害。一切，只因为我是一个母亲。

　　帖子的最后，署名是"一个62岁的老母亲"。

　　很多网友看了，瞬间就泪崩了。他们纷纷跟帖致歉，为自己事先的无知言行而致歉。

　　有人这样说：我们整天为自己的儿女担忧，觉得自己很伟大。但就是我们这样一群自以为很伟大的人，却往往忽略了一个更伟大的人，她也在为我们担惊受怕。相比起我们，她更加苍老，更加孱弱，更加无助，更加孤苦。可是，她从一开始有了我们，到现在我们已长大成人，她一直都在担惊受怕。不是她迂腐，不是她封建，更不是她无知，只因为她的名字叫母亲。

西瓜只应夏天有

两个月前，在我布置给学生的一篇以"我的梦想"为话题的作文中，卢伟上交的作文让我格外震惊。他的这篇作文我没有细读，因为光是《没有梦想的生活》这个题目就足以让我大吃一惊。如果不是我极为了解卢伟是一个淳朴善良的孩子，我都几乎要断定这是一篇由叛逆者书写的叛逆性的作文。

卢伟的成绩在年级中处于上游，这样优秀的学生却写出这样的作文，证明他的思想有了偏差，我很有必要和他聊一聊。但我没有直接找卢伟进行所谓的谈心，而是想先抽空到他家坐坐，想与他相依为命的母亲先聊一聊——他的父亲早在他7岁的时候就因病去世，是母亲一把屎一把尿，将他养育得像春天的翠竹蹭蹭地生长。这样的家庭环境，或许是造成卢伟现在思想波动的导火线。

虽然我的说法很委婉含蓄，但卢伟是何等聪明，立马就猜到我所谓的"聊一聊"其实就是家访。他没有拒绝，一如从前般憨厚地笑了笑，告诉我说，没必要去他家，他母亲就在小城的北区卖西瓜。

两天后的傍晚，我找到了卢伟的母亲。初见我，得知我的身份后，她没有像其他家长那样紧张，很轻松地笑了笑，邀请我坐下。当得知我的来意，看到我忧心忡忡的表情后，卢伟的母亲理了理额头的几绺被汗水沾湿的头发，脸上的笑容明媚得宛如三月的春光，让我大为惊诧。

她指着面前的一摊西瓜，说："葛老师，西瓜只应夏天有。"

我一愣，实在想不出这句答非所问的话，与我今天来的目的能有什么关联。

她看出我的疑惑，跟我说，包括她那一代人，小时候就被灌输了太多的梦想：有的人梦想是长大成为科学家，有的是长大成为宇航员，还有的长大要当总统，等等。但事实呢，绝大多数人长大以后的身份抑或职业，与年少时的梦想丝毫无关。只是关于梦想，被过早定格在那些年少甚至年幼的心灵上的事例太多太多。

她说，她的儿子没有梦想，活一天，过一天，走一步，是一步。但是她跟她的儿子都有一个坚定的信念：关于将来，关于以后，犹如天上风云，很难预测；但有一点不变，学在当下，努力在当下，乐观在当下，才是最美的信念。

她指着面前的一摊西瓜，告诉我说，西瓜最好的出生地就是土壤，换成其他的地方，哪怕是再高科技的环境也培育不出西瓜的原味。西瓜就是西瓜，它就应该在夏天才有。那些经过科技发酵培育出来的四季瓜，怎堪"西瓜"的美名？冬天里吃西瓜，再怎么吃，也吃不出夏天的味道来。舌尖上关于西瓜的味蕾，最敏感的季节，就应该是夏季。喜欢西瓜的味蕾，不应该将想象远放到秋冬和春季。

我万万也没想到，她那些言语没有字字珠玑的华丽辞藻，没有空谈阔论的大道理，但就是这样一个极为普通的卖西瓜的妇女，却用朴实得差点归落到尘埃里的话，将关于教育、关于人生的定义，来了个崭新的诠释。

"西瓜只应夏天有！"说这句话的她，真的是一个伟大的母亲。

次日，我仔细看了卢伟的那篇作文，这才发现内容极富有思想和新意。我为前几天的粗略一读感到歉意，悄悄找到了卢伟，静静地跟他说，你的这篇作文，写得真好！

只在背后掉眼泪

去年夏天，浦东机场的候机室里，离我最近的一对母子深深打动了我。

儿子十七八岁，满脸稚气。母亲四十多岁，满身珠光宝气，雍容高贵之余，更多透露出的却是一种剽悍之气。特别是那霸气侧漏的发型，让我感觉她毫无女人味。可以看出来，这个女的经济挺好，明显富婆范儿。

男孩言行间透露出依依不舍之情，说着说着，竟轻声啜泣了起来。而母亲，从头到尾，我在她的脸上看到的都是灿若艳阳的笑容。尤其她那不时发出的如男人般的哈哈的笑声，不光我，就连远处一干人等都感觉不舒适。

女人看男孩竟落泪，笑骂道："没出息，读个大学就哭成这样，丢人不？"接着，女人告诉男孩，在她眼中，眼泪和懦弱完全可以画等号。所以，自己打小记事起，直到现在都没掉过眼泪。接着，女人把自己嫁给男孩父亲后，商场上的钩心斗角、家事上的烦恼、情感上的风波等都列举了一遍，说自己无论遇到什么事情，流血都不会流泪。临了，女人还幽了一默，说那次和他父亲打架，自己离家出走，在外孤苦伶仃地过了几夜，硬是一滴泪都没流过。

女人看男孩被自己说得止住了泪，这才将笑容绽放得更灿烂，原地转了个圈，笑说："你老妈要是像你这样爱哭，现在能有这千万身家？"我没猜错，这果真是一个富婆。

男孩被老妈的样子也搞得破涕一笑："谁能跟您这个女汉子比！"

刹那，离别的阴郁被扫去了不少，母子间的哈哈大笑，让送别仿佛成了一件开心的事。

我不喜欢女人的装扮、气质，特别不喜欢她的大大咧咧。但是，她言

总有一种爱润物无声

语间的道理我绝对赞同——读个书，求个学就弄得哭哭啼啼的，那将来到社会上还怎么混？

男孩所乘的飞机投入蓝天的怀抱后，我突然看到，这个剽悍的女人目睹飞机插入云霄，瞬间就丢掉了所有的坚强，比变脸的绝活还快，倏然间号啕出声，哭得稀里哗啦，半点女人的矜持都没有，丝毫不顾及这是公共场合。

不过，那一瞬间，我心底却是蓦地一暖：其实，每一个母亲都是演技精湛的表演家，总是教儿女学会坚强，却将自己的那份柔软偷偷收藏，一人饮尽泪水，不愿儿女悲伤。

他像是个孩子

父亲说他害怕时，我们本想发笑，但猛一想来，心却似被刀剜了无数遍。提起父亲，镇上人是一口一个赞，都得竖起大拇指的。年轻时，父亲当兵练得一身好体格。退伍后，便找了家单位上班。那时候，他最出名的就是胆够大，重义气。不说在公交车上抓过多少小偷，亦不提替多少弱势群体撑过腰，光是有一次夜行，独身打退五个人便让他在镇上"一夜成名"。所以，走夜路不怕野兽、歹徒的他，突然说他害怕时，作为子女的我们不禁暗笑他撒谎。

父亲在镇上的单位距离村子有十里远，且大多都是山路，较为难行，但即便如此，凭父亲的腿脚，不超过半小时便可到家。但最近听妈说，父亲每次回家都要一个半小时左右，和以前相比，这时间超出也太多。我们和妈的想法一样，父亲肯定是"学坏"了——譬如沾染上这些恶习：下班

后和人喝几杯，抑或打几圈麻将，再就是吹上几遍牛。

父亲听我们在电话里纷纷问他，连连否认。他还解释，到现在他都不知道麻将总共多少张牌，他也不喜和人酗酒吹牛。我们细想也是，父亲不喜热闹，应该不会和人喝酒打牌啥的，但母亲却跟我们说，无论她怎么问父亲，他总是不肯说迟回的原因。所以，我们兄弟姐妹三人只好从城里回家。

父亲一看这点事情就把我们叫了回来，便跟妈急眼了，说屁大点小事，怎么把工作繁忙的孩子们给使唤回来了。母亲亦不让他一步，执意说，他不讲出迟回的原因，孩子们今天就不回去上班了。看"闹"到这份上，刚才还趾高气扬的父亲突然垂下了头，红着脸说："我要说出来，你们可不许笑。"

我们已经在心中笑了，因为我们从未见过壮如铁塔的父亲，居然会害羞，只好允诺绝对不笑。

"其实，我是害怕那山路上乌漆麻黑的，偶尔还能听到野兽在叫……"父亲说这话的时候，低下头嗫嚅的样子，竟像是一个犯了错且胆小的孩子，"所以，我就选择走大路，一路几十公里下来，回家自然就慢了许多。"

父亲说完，良久才抬起头来，继续小声说："我真的很害怕。你们说，要摔一下，我这把老骨头那得多疼。要是狼出来，我命都会……"他还没说完，我便急忙掩住了他的口。我、大哥和二姐，蓦然间，泪光就在眼眶里闪动。

的确，我们曾发现父亲面容上的沟壑又深了几许；我们亦曾看到，父亲的发间出现了银丝，但我们却从未曾窥探到父亲的内心里。我们终于明白，一个往昔再怎么刚强胆大的父亲，亦会因为年华老去，岁月流转，而变得胆小起来。

其实细想，那又哪里是胆小呢？只是因为，父亲老了，老了……

总有一种爱润物无声

还有谁像你这样傻傻地爱着我

那个夏天,刚入象牙塔的我,眼看着别的男生身旁都偎依小鸟依人般的女孩子,心底的湖水,也禁不住荡起层层涟漪。我相信,爱的天使,一定会将丘比特的神箭交到自己的手中。

如此这般,在对爱情的向往之下,我将上大学前父亲的谆谆教诲抛于脑后,包括他再三强调的"不许谈恋爱"。而就在少男的心扉初次打开之时,她便悄然走进了我的生活,且很快与我确立了关系。矢志不渝、天荒地老等字眼,在我们的花前月下里洋溢在空气中。

为了能让她和其他女孩子一样幸福,我瞒着父亲,撒着那些俗套的谎言,一遍又一遍地向他伸手要钱。丝毫没有顾及到,他那眼贫瘠干涸的水井,又岂能滋生出一汪又一汪的清泉?

我的无理要求,父亲一次又一次地应了,且亦如从前般相信我。而我,就用这些血汗钱一次又一次地和女友进出于影剧院、KFC等本不该属于我的地方。

大三那年的夏天,我接到女友的电话,一句轻轻的"我们还是分手吧",将我彻底打入了深渊。这句话,从她口中说出轻描淡写,但于我来说,却不啻晴天霹雳。我实在难以理解她到底在想什么,就约她到操场上谈一谈。电话那端,短暂的沉默之后,她应了我,说好午饭后在操场上和我见面。我感觉,她一定还是有自己的苦衷而贸然决定,且最终还会回心转意的。毕竟,我们爱过,真真切切地爱过,又怎么能说分手就分手呢?

这个夏天的骄阳,比往年更要显得毒辣。午饭都没顾得上吃的我,在操场上站立不到十分钟,就已经感到头晕眼花。可恨的是,偌大个操场,满是钢筋混凝土浇筑而成,看不到一丝绿荫。

满以为她最多也就迟到个十几分钟,可我足足等了半个小时也没看到

她的身影。打她手机，关机。无奈，我只有硬着头皮再等下去。可是，时间已经又过去半个小时，她依然没有出现。

失望之下，愤怒之情又涌上心头，我抹了一把额头上的汗水，定了定心神，决定到外面的小餐馆里吃一顿。

刚踏出校门，突然瞥到一个我熟悉无比的身影：头上包着白色的方毛巾，身着深蓝色粗布褂和磨得都已经泛白了的裤子。在如此热的天气，就那样傻傻地坐在太阳底下，连几步之遥的传达室都没敢接近。

我心头一咯噔，疾步走过去："爸，你什么时候来的？"

"刚到十几分钟。"父亲看到我，显得异常高兴，"看门的师傅说你午饭经常到外面吃，所以我在这里等你。怎么？学校的伙食是不是很差？"

"嗯……是不怎样好……"我支吾着回答，头都没敢抬起来。

父亲将手中的包裹塞给我说："今年家里境况还可以，这不，做了一些你最喜欢吃的葱油饼。"

葱油饼确实是我最喜欢吃的，但那已经是以前的事了。几年的大学生活，已然让我完全忘却了它的香味。为了怕耽搁时间长而被父亲发现异常，我装作很高兴地说："我最喜欢吃葱油饼了，今天的午饭就吃这个了。爸，您要不要进学校去看看？"

其实，我知道父亲是不会进去的——他也怕同学看到他那土得掉了渣的装扮。果然，父亲吓得连摆双手，一个劲儿地说："你回去，回去吧。瞧你，脸色红成这个样！"他擦拭完我脸面上的汗水，就三步一回头地看着我，看着我，渐渐消失在我的视线里。

脸色红成这个样？一个小时呀，整整一个小时被毒辣的阳光暴晒着，脸不红才怪！哪像你，才刚到十几分钟，又如何能体验到我的感受。我心里想。

刚进校门，门卫叫了我："那是你父亲？"我点了点头。

总有一种爱润物无声

"这人真是傻得可爱！"门卫笑着说，"叫他到屋里歇着却死活都不肯。这不，在太阳下足足晒了三个小时！"

我突然蒙在了当地，久久说不出话语来，心好像突然间被撕开一道长长的伤口：其实谁都清楚，大学里的伙食并不差，大学里也并不需要那么多我一个穷孩子所需要的东西……而这一切假得近乎幼稚的谎言，就只有父亲才会上当。

回想起以前的所有影像，才蓦然于泪光潸然中想到：父亲，在我这穿行了二十载光阴的人生旅途中，除了你，还有谁像你这样傻傻地爱着我？

4平方米的幸福

知书达理的她，看重他对人无微不至的呵护，那些细小若丝般的关爱让她觉得，完全可以胜却房子、车子、票子。毕竟，婚姻中，陪伴一生的是爱情，不永远都是物质的富有。因此，她不顾家里亲友的反对，毅然嫁给了他。

婚后，她的那些亲友，包括她的父母，都在等着看她的笑话。用她母亲的话说，迟早她会后悔的。直到第八年，在亲友艳羡的眼神里，在家人喜中又带着疑惑的目光中，她不仅跨过了所谓的七年之痒，而且幸福的颜色在她的脸上愈发鲜艳。

有人问她，怎么把婚姻经营得如此滴水不漏的？她又是怎么能安然于他给予的平淡如水的生活里的？面对这些提问，她都没有做细致的解答，只是讲了一个小得不能再小的故事，给每一个心中有疑惑的人。

婚后的第一年里，他们在小城租住了个50平方米的居室。他每天上班

日出而作，日落而息。而她，那段时间在家待产，忙些力所能及的家务。日子，就这么在柴米油盐中平淡却不失幸福地度过。

她每次在厨房做饭的时候，都时不时地会莞尔一笑，哪怕是独自在其间。抬起头，挂着面板的墙上，每天都会有一张精致的小卡片，上面写着他对她每天的挂念和祝福；拿起油瓶，就会看到油瓶下的纸张，上面写着诸如"'油'你，我的人生才有滋有味！"等字。就连切菜刀上都刻着一行细如蚁足的小字：千万小心，否则万一伤到你的手指，痛的会是我的心！

灶台上，是必须有花的，这是他对她说的话。起初，她还笑嗔他闹笑话——哪有在灶台上放花的。他一本正经地说，她是与众不同的，自然要不同于众人。况且，女人如花，时时都应如此。他可不想心爱的她，在沾染了油烟的同时，忘却了女人的芳香！

其他诸如这样的小事、小温馨，举不胜举！小小的厨房间，只是区区4平方米，但对她来说，却浪漫温馨得宛如世间最广阔的胸怀。这些小温馨、小浪漫，已经超出了字面的意义，而是实实在在地看出一个男人的心！

七八年来，她知道，事实证明，自己的选择是没错的！而每一次，她在讲这些小事的时候，都会轻轻掠一掠额头的几绺发丝，笑说，其实爱情也好，婚姻也罢，无需轰轰烈烈的山盟海誓，无需惊天动地的壮举。4平方米的幸福，就足以将爱情氤氲得香气四溢！

爱情专线

"我们只为了电话响起的那一瞬间的喜悦，这便足够了。"女人说这话的时候，喜滋滋的样子，一脸山清水秀。

总有一种爱润物无声

女人在大卖场里工作，家电促销员，工资虽然不高，但乐得轻松悠闲。我在咨询家电的时候，她说到优惠期的时候，会给我电话，并且拿出手机拨打了我的号码，以便让我存储一下她的号码。

手机刚响，她便猛然摁下了挂断键，带有歉意地对我说："不好意思，我应该用卡2打给你。"然后，便再次拨打了我的号码。

我存下她的号码，问她说："双卡手机？"

她点点头。

"业务这么忙，忙到都要用双卡了？"我笑呵呵地打趣她说。

"哪呢！"女人的脸颊上突然飞来一抹绯红，右手轻轻拂过额际的几绺乱发，有点害羞地说，"一张卡是工作用的，另一个号码是我和老公的专线。"

女人知道我会越听越疑惑，便索性让我坐下，简单地解释了给我听。她说，他们结婚已经有十几年了，自从有了双卡手机之后，她和丈夫每人都买了两张手机卡，一个号码对公，私人号码对私，成为彼此的私人专线。女人说之所以这么做，是他们这样想过：另一个号码设置成另一种铃声，当这种铃声响起时，听音便知道是自己心爱的另一半打来的，手机还没拿出来，心头便会突突地跳——惊喜，这是一种陪伴一生的人带来的惊喜。而如果仅仅就一张手机卡，有时候便会想，是谁来的电话呢？拿起电话，有时惊喜，有时失望，有时感慨。总之，不如爱情专线来得好，听铃音，便知是爱人来的电话。这种喜悦，是突如其来的喜悦，是永不过时、永远新鲜的喜悦。

女人看我听得入神，最后补充了一句："其实，我们想在生活中，无论工作再忙，生活再累，都不想有别的东西打扰到我们的爱情。所以，就有了这专线。"

我突然有一种感动，女人的话淡淡地，却又是那么明显地击中了我内心的柔软处。能用爱情专线这种方式来维系自己的爱情，保鲜自己的爱

情，让彼此的爱情历久弥坚，越发浪漫，这是多好的一种新鲜方式！打个电话这种日常小事，都用爱情专线的方式，让爱情云淡风轻，优美宁静，不为世间烦琐所打扰，这又是多么暖暖的事情！

半世浓情半世凉

　　1958年，正在法国巴黎演出的玛利亚·卡拉斯，刚好过完她35岁的生日。这个被誉为世界第一女高音的歌者，还未从生日晚宴的热闹里走出，便被接踵而至的浪漫给笼罩。那一天，她从上午、中午、晚上连续三次收到大束的红玫瑰，且均未署名，只有用希腊文书写的简单浪漫的祝福。她觉得，这真是浪漫极了。

　　而就在此时，距巴黎不远的海面上，一艘被誉为"海上宫殿"的船出现了，即著名的"克丽斯蒂娜"号，它的主人便是当时的世界首富、希腊船王奥纳西斯。彼时的奥纳西斯，正站立在船头，昂首瞧向深邃的夜空，嘴里呢喃道："我的卡拉斯，爱你的王子来了……"

　　1949年，卡拉斯和比她大30岁的意大利人梅内吉尼结婚。这是她一生中唯一的正式结婚，而梅内吉尼作为她的丈夫，同时也是她的演出经纪人。梅内吉尼似乎天生就是经纪人的好材料，这就更大限度上得到了卡拉斯的欢心。但随着时间推移，卡拉斯的心越来越接近深渊——梅内吉尼让排队等在他身后的歌剧导演、音乐会组织者从一个城市到另一个城市，从一个机场到另一个机场。他不让卡拉斯要孩子，竭力维护卡拉斯的女高音神话。在这场婚姻中，卡拉斯没有获得一个女人需要的爱情，这场婚姻是歌唱家与经纪人组成的，作为歌唱家的卡拉斯与作为女人的玛丽亚背道而驰。她最为担心的是，如果有朝一日，当狂热和崇拜离她而去，她是不是除了丢失了明星的光环，连一个真正的女人都做不成？

而那个送她玫瑰的男人与其他人不一样，因为，他对她的称呼不是明星，而是这样简单的一行字——送给更应是懂得生活、懂得呼吸自由的卡拉斯。这几句话，有力击中了卡拉斯的心扉。

不久，卡拉斯和丈夫梅内吉尼欣然接受了奥纳西斯的邀请，登上了这艘著名的"海上宫殿"。再不久，他们又从巴黎飞往蒙特卡洛，且于次日在奥纳西斯的引荐下，见到丘吉尔夫妇及其他客人。这几次航行，卡拉斯觉得自己进入了神话世界，而梅内吉尼则显得很忧郁，整天发牢骚。他越来越觉得，卡拉斯与他越来越疏远，而与奥纳西斯却越来越近。

有一天，天气很坏，梅内吉尼和其他客人都躲到了卧舱中，偌大的娱乐厅里只剩下了奥纳西斯和卡拉斯两个人。而这一晚，奥纳西斯和卡拉斯谈了整整一夜。而也就在这一夜，卡拉斯第一次感觉到有这样一个男人，关注的不仅仅是她的歌喉，更关心的是她的生活。

从那夜开始，奥纳西斯使她第一次得到了爱与被爱的体会，也使她体会到许多新的感情，不再单纯地为合同、义务和演出而操心。白天，她沐浴在阳光下，和奥纳西斯一道谈天说笑；晚上，她则沉浸在奥纳西斯为她精心准备的动人的希腊神话里。

一个月后，奥纳西斯不顾梅内吉尼的警告和阻挠，硬是将卡拉斯带走了。卡拉斯从希尔米奥内去了米兰，又从米兰去了威尼斯。卡拉斯觉得，现在比以往任何时候都感到幸福。烟波浩渺的地中海使她如痴如醉，一种同另一个人融为一体的强烈愿望终于被唤醒了。她为祝贺自己孤独状态的结束，断然减少了她的录音和演出次数。1958年，她在世界上6个城市曾演出过7部歌剧，共计28场；1960年，她只演了两部歌剧，共计7场；1961年一场歌剧也没演，只举行了几场音乐会，录了几张唱片。事业上的"失利"，丝毫没有影响卡拉斯的心情。原因很简单，事业和爱情相比，孰轻

孰重是很明了的事。

但是她万万没想到，三年之后，当她重返舞台演出时，她慢慢觉察到奥纳西斯竟慢慢疏远了她。且更为严重的是，越来越多的事实证明，她和奥纳西斯建立家庭的梦想甚至要破灭了。

卡拉斯不知道，奥纳西斯曾经送给她的刻有"TMWL"——玛利亚·卡拉斯首个字母组合而成的手镯，曾经也送给过他曾经的妻子；她也不知道，在几年后，他又将同样的手镯，送给了已故总统肯尼迪的遗孀杰奎琳；她更不知道，当奥纳西斯结识杰奎琳之后，便疯狂地对杰奎琳进行了追求。

当然，世上没有不透风的墙。只是，当她知道这一切时，一切都迟了。

她不愿和他分开，而他却满不在乎。他开始以一种冷嘲热讽和盛气凌人的口吻说话，有时他会离她而去，一走好几天。卡拉斯渴望从他们的爱情中找到更实在的东西，比如家庭和孩子，但奥纳西斯显然无意满足她。因为，奥纳西斯明确表示，要什么都不能要孩子，否则，一切关系都将终结。也正因为如此，43岁那年，尽管卡拉斯发现自己怀孕，但仍然将这个小生命早早终结了。

她满心认为，自己如此痴心且服从，她的王子想必应该会永远陪在她身边。但是，噩梦接踵而至。

1967年，卡拉斯发现自己的嗓音变得更糟糕，连高音降E都唱不上去。甚至，她连唱了五个降E都失败了；更为致命的打击是，1968年，奥纳西斯高调宣布同杰奎琳结婚，卡拉斯彻底摔落深渊。

奥纳西斯回到"克丽斯蒂娜"号，让卡拉斯回巴黎去，说她不能待在船上。9年来，卡拉斯一直是"克丽斯蒂娜"号上的客人，现在她却不能留在船上。为此，卡拉斯向奥纳西斯抛弃了自己所有的尊严，前后总计苦苦哀求171次，但都没能融化奥纳西斯那颗冰冷的心。

总有一种爱润物无声

卡拉斯离开"克丽斯蒂娜"号后,她发现自己哪儿也待不下去,什么事也做不下去。她无所事事,无家可归。时间和空间都失去了意义,她所能够辨别的只有痛苦。甚至连睡眠,都要靠安定药才能维持下去。她与奥纳西斯同居9年却被无情抛弃,且嗓子完全毁了,再也不能唱任何歌曲,她想要的,无论是事业,还是爱情,都彻底湮没。

爱情是魂,事业是魄,没有魂魄,命将何存?

1977年9月16日,玛丽亚·卡拉斯在巴黎逝世。这里,是她9年前初识奥纳西斯的地方。而在她被抛弃后的数年间,她亦抛弃了世间所有的情欲爱恨,独自孤苦至死。有人说,这个20世纪唯一与威尔第齐名的世界女高音,前半生可谓轰轰烈烈,可后半生却也是冷清凄凉得让人心疼。

梨花锦盒藏相思

爷爷嗜收藏,尽管并没什么价值不菲的古董,但他仍然依了自己的心性,说古董之所以是古董,是因为古董的背后是有故事的,是有灵性的,可以陶冶情操,可以见证时光,可以知道什么叫厚重,什么叫薄发。

他的藏品,大到车碾、字画、木床,小到砚台、烟壶、书本,但都有一个相同的地方,若是拿到古玩集市上,均没有什么太大的价值。县里的古玩爱好者,曾有一次到过爷爷放置藏品的小屋里,看完之后,笑说,价值最高的不超过五百,价格最低的,已经低到尘埃里了。

爷爷不然,丝毫不以为意,只是笑笑说,爱好,只是爱好,至于价值多少,早已不在心里了。

我们是相信爷爷的,从他脸上的淡然和眸子里素来就有的洒脱中,

就足以相信了。但即便如此，我们仍然发现，其实爷爷还是藏了一点点私的。为此，父亲还曾经和爷爷闹过别扭。

爷爷所有的藏品都是放在木制的格子里，唯独一个梨花锦盒，不知道里面是装了什么东西，却是放在了爷爷床底的木箱子中，且从来不拿出来与人欣赏。我们可以断定，里面的东西，定然价值不菲。否则，谁会如此视若珍宝，遮遮掩掩？

去年的阳春三月，父亲去爷爷的小屋，正巧碰见爷爷在摩挲着梨花锦盒里的东西。爷爷见到父亲入屋，慌里慌张地收拾起盒子里的东西，手忙脚乱地塞到箱子里。这一幕，更加让父亲断定了我们起初的想法。

而两个月前，父亲要扩大厂子的规模，想让爷爷拿出锦盒里的东西变卖，支持他的生意。爷爷不答应，一口咬定那是不值钱的东西。但是，谁又能相信呢？父亲为爷爷的小气而生气，爷爷却为父亲对他的不信任而感到冤屈。到最后，爷爷终究没拗过父亲，还是将梨花锦盒在全家面前打开了。

盒子开了，里面静静地躺着一把古色古香的木梳——是已经故去的奶奶的梳子，我们很是熟悉，一眼就认出来了。

爷爷心境一向淡如明镜，这次却声含哽咽："我只是想，不要有任何人打扰我和她。"

我们这才知道，奶奶故去后，爷爷所有的相思，都寄托在这把木梳子上。那把木梳，奶奶最爱拿它梳妆。而爷爷，亦最喜欢在她梳妆时，于一侧静望。

我们亦明白，这把现在还不算是古董的梳子，在若干年后亦终会成为古董。持有的人，必然会明白：古董的背后，有时光抹过的痕迹，有历史的厚重，却原来也有，美好的爱情和坚定的相思，蕴含其中。

总有一种爱润物无声

命有终时，爱却无涯

医院过道的一个角落里，那个身穿深蓝色布衫的老人，我叫他王大爷。来我门诊时，头一抬，脸上便尽是被犁铧耕耘过的沟壑；手一伸，满满的都是被稻谷麦粒亲吻过的老茧。一眼看去，就知道是一个常年与黄天厚土亲近的庄稼人。

我把诊断书偷偷塞给他的儿女时，背过身去，心里一阵阵刺痛和酸楚——他得的是肝癌，晚期，活不了半年的。而当初我的父亲，在我小的时候，也是被这种病魔夺去了生命。所以肝癌两个字，对我来说是一种恐怖的梦魇。

王大爷很兴奋，远远便能听到他正哼着轻快的小曲儿。我完全可以想象得到，他的儿女成功地隐瞒住了他的真实病情，甚至撒了一个善意的谎言，说他的病微不足道。所有的一切，只是想让他的心情安定——在医院里，这种现象并不是太鲜见的。

王大爷见我过来，便向前迎了几步，憨憨地笑着问我："陈医生，我是趁着到这个角落里抽根烟的工夫来等您的。问一下，肝癌晚期，我还能活几个月？"

我有点发呆。倒不是惊讶于他知道了自己的病情，而是我从没看过查出绝症时，居然还能满脸笑容，且还能哼出小曲儿的人。

我讷讷地说："三……三五个月吧。"尽管我做到努力镇定，但在这样一个憨实的老人面前，还是显得言辞闪烁。

老人伸出手，掰着手指头像是在筹划着什么，转瞬又抬头欣喜地对我道谢。

"王大爷，您没事吧。"我实在担心他。

"啥事，我能有啥事？"他把胸脯拍得震天响。

我苦笑一声说:"我真的没见过,像您这样的情况居然还能高兴得起来的。"

王大爷的神色陡然暗淡了下去,幽幽地说:"其实,这世间有谁摊上这样的病还能高兴得起来的呢?"

"那是……"我被他说的话给绕糊涂了。

王大爷向我道出了秘密:

刚才,他的儿子将诊断书偷偷地塞进了包后,便带着他三岁的孙子去了医院的卫生间。王大爷瞧在眼里,便将诊断书拿出来看了看,当时就差点晕倒。正巧这时,儿子从卫生间里出来,跑过来就把他手中的诊断书抢了过去。王大爷笑嘻嘻地问儿子自己得了什么病,还一口一个埋怨,说现在这些医生的字可不得了啦,这病历上的字龙飞凤舞的,一个也不认识。儿子这才暗暗松了一口气,告诉他说,他得的是很普通的病,休养一段时间就好。

听到这里,我更郁闷:王大爷说的这个,与他那么高兴有关系吗?

他看出了我的心思,叹了一口气说:"孩子担心我思想过不去,如果得知我了解自己的病情,还不天天担心得要死?他想成功地隐瞒住我,能瞒得住多久就是多久,让我多一点快乐的时光。我明白,这是孩子的一番苦心。而我,也成功地瞒住了他,让他少一分担心,我能不高兴吗?"

王大爷还说,他会好好计划,要用剩余的时光,分配一下给儿女的遗产,考虑一下给孙子买哪些玩具……

眼看着王大爷得离开,过道的一头,他的儿子已经找到了他。临了的时候,王大爷抓住我的手,孩子气地问我:"陈医生,你说我的演技好不好?"

我重重地点点头,转过身抹泪。我认可王大爷的"演技"——也许他一辈子没登过舞台,没上过屏幕,但他用父爱,成功地扮演了一个最伟大的角色——父亲,完全胜过无数华丽的角色。

这个尘世间,有谁能得知自己身患绝症,却还满脸灿烂?有谁明知来日无多，不为自己考虑，却掰着手指用剩下的时光为儿孙精打细算？又有谁能做到在生命即将消失时，却仍能将爱绵延下去？父亲，是最好的答案之一。

大魔术师

对面的老李头越来越神奇了，简直活生生一个大魔术师转世。

老李头的三个孩子都移居了美国，老伴四年前就去世了。虽然一个人生活，但条件倒也不错——住在100平方米的大房子里，每个月的退休工资就三四千元，几个儿女每个月寄来的赡养费也有五六千元。所以，生活过得有滋有味的。

以前，他只是一个人斜倚在窗前，或是静静地看着报纸，或是眯着眼睛听着收音机，或是浅浅地睡去。当然，更多的时候，老李头是在傍晚的时候一个人凭栏眺望，看着西下的夕阳。就那么看着，一直看到最后一缕余晖散去，才兀自不舍地进屋。

但从上个月开始，老李头的房间里充满了神奇。

有时候，老李头的房间里会出现一个身着戏服的女子，伴随着青衣的音乐声，翩翩起舞。有时候，老李头的房间里会出现一个身着戎装的将军，在窗前手持军刀，慢慢地舞动着。更为神奇的是，老李头的房间里，会飞出一只又一只白得像雪的鸽子……总之，老李头的房间里，要多神奇，便有多神奇。

老李头房间里的神奇，吸引了对面楼房的住户，然后慢慢地传了开来，整个小区都为之好奇。再过段时间，小城里听说的人越来越多，找出各种理由要来老李头家中一窥究竟的人也越来越多。特别是那些媒体，闻

说此事，更是隔三岔五地来找老李头。

然而，好奇心越大，失望越大。凡是去过老李头家里的人都知道，敲门声响起的时候，老李头好像很有戒备之心，一直到问过清楚了才开门。然而，门开之后，屋里除了些简单的家具，什么将军、女子、鸽子等一类的东西，根本了无痕迹。哪怕你小心翼翼地找遍了整个房间，也毫无所获。

也有人在老李头房间的外面蹲守过，认为一定能蹲守到什么样的女子、什么样的将军往返于他的房间，但是都未果。奇怪的是，对面的住户，还是能看到将军、女子、白鸽，等等，依旧出现在老李头的房间里。

世间事，往往都是这样——越是一无所获，越有更多的人对老李头充满了好奇之心。老李头每次下楼，总是有很多人拉着他的手问这问那，就连小区里补鞋的、卖面食的摊贩过来都拉着他聊几句。每当有人问及他房间里的秘密，老李头从来都是微微一笑，不管你怎么查探，甚至怎么哀求，他都拒不回答。大家都说，老李头不知在哪里学了一身魔术，成了大魔术师。

两个月后，有人敲老李头的门久久未开，因为担心老李头年老多病出事，便找来锁匠开门，这时才发现，老李头早已死去多时。空荡荡的房间里，孤零零地躺着女子花旦的戏服，还有扮演将军的服装，以及几只饿得咕咕叫的白鸽。老李头的身侧，有一沓厚厚的去花鸟夜市买鸽子的票据。最吸引人的，是老李头的遗书，上面寥寥几行字：

不是我不告诉你们秘密，而是我知道，秘密公布的那天，就是大家再也不来找我聊天的日子。谢谢你们，在我生命最后的阶段里，在前来窥探秘密的同时，陪我聊天，和我谈笑。

众人这才知道，老李其实连一点魔术的本领都没有，他有的，是一身的孤独。

总有一种爱润物无声

用心良苦的爱

门铃响起，母亲就那么一身尘埃地站在门外。

见我开门，母亲急急地问我，媛媛怎么样了。我告诉她，没什么大碍，只是精神疲累。这不，已经向单位连续请了一个月的假。母亲这才放缓了神色，轻轻地走进妻子的房间。

母亲一生劳苦，终年歇不下来，多次叫她搬到城里的新家住，享受一下好日子，但她从不应允。她说她喜欢老家的麦香、屋前的小河，还有门前的菜园子。这次，如果不是妻子身体不舒服，而我整日上班，又很难照顾到她，母亲又怎会前来？其实我明白，母亲一直是怕自己打扰我们的二人世界，怕她久居乡下的生活，融合不进城市。只有听闻儿女抱恙时，才会风尘仆仆地赶来。

妻子见母亲来，显得非常高兴，一把就扑进母亲的怀里，紧紧地不放。那一刻，好像精神蓦地恢复了许多，看不出有任何的病态。

第二天开始，妻子就缠着母亲，说要吃这个，喝那个。而母亲也不辞劳苦，只要妻子想吃什么，她就能变着花样做出来，每天都尽量不重复。身体不适的妻子，仿佛胃口有了很大改变，每个菜都是浅尝辄止，而母亲生性节俭，不忍浪费，每次都把菜吃完。

妻子也常常要求母亲陪她出去逛逛街，去超市，去公园……尽管母亲已经年近七十，手脚也都诸多不便，但也没有驳妻子的要求，每次都陪着她逛个够。回来时，都累得不成样子，但满脸还是乐呵呵的。

就这样，妻子每天都折腾出很多花样来，吃这喝那，逛街游园。在我看来，如果不是她每天晚上还会觉得身体不适，我几乎认为她根本就没啥病。本来，我有点埋怨妻子那么折腾母亲，但每次看到母亲笑呵呵的样子，也便熄了数落妻子的念头。

母亲陪了妻子一个月还多，回去的那天，整个人像是年轻了好几岁，嘴里还嚷嚷："不错，城里还真不错！"而我和妻子，也相视一笑，心里想："觉得不错，那你以后就多来住住！"

送母亲上车后，妻子神神秘秘地告诉我："老公，其实这一段时间，我是装病的。"她一说，我就有点生气："你好好的装病干嘛？叫我母亲今天做这样菜，明天做那样汤。上午逛公园，下午去超市。还有，做的那些菜，你两口没吃就放下了筷子，你说你这不是故意折腾人吗。"

妻子笑笑，嗔怪我说："不装病，妈能来吗？我不故意装作浪费，妈能舍得吃吗？我不'逼'着妈陪我逛街，妈能切身感受到城里的风景吗？"妻子连用三个反问句，将我问得目瞪口呆。

我顿时醒悟，原来，用心良苦的妻子，用善意的谎言，将母亲"骗"到了城里。

最好的新年礼物

新年快要到了，从萨姆特通往佛罗里达州的公路也快要开通了。据说，再过十几天，也就是距离新年的钟声敲响还有三天的日子，全镇将举行盛大的道路开通典礼。对于萨姆特全镇的人来说，这个好消息无疑是这个新年里最好的礼物，绝对比谁家孩子结了婚、生了娃要高兴得多。

和大家一样，9岁的蒂姆站在屋里也是兴奋无比。他透过窗户，看着外面漫天飞舞的雪花，在兴奋之余又多了些许遗憾："如果父母能够提前一天回来那该多好，那样就能作为萨姆特的一员，和大家一样亲见这条生命之路的开通了。"

总有一种爱润物无声

是呀，萨姆特的交通，一直都是全镇人心头的纠结。道路崎岖难行，坑坑洼洼的，不知道影响了多少人的生活。特别是雨天，外面的人进不来，里面的人出不去。交通使萨姆特的经济受到了严重的阻碍。

蒂姆突然有一个想法：他要去找镇长，恳求他们把公路开通典礼向后推迟一天，这样他的父母就能像小镇的每一个居民一样，亲眼目睹这一激动人心的时刻了。想法在心里沸腾，激动的同时，蒂姆又有一丝担忧——自己成绩不好，在学校又喜欢调皮捣蛋，偶尔还跟小朋友打架斗殴。记得上星期，蒂姆还把海伦老师的马尾辫给扯散了，还在达瓦的文具盒里偷偷放下了一只癞蛤蟆……他在学校是出了名的坏学生，即便是在小镇上，他也是居民们心中的小老虎。谁家的玻璃要是人为地被损坏了，八成是蒂姆射门造成的；谁家的花盆被摔碎了，八成是蒂姆又把自己当作功夫熊猫了……反正，很多不愉快的事情，大家几乎都会第一时间想到蒂姆。

蒂姆有点后悔，悔不该平时调皮。他觉得，镇长肯定会因为他是一个捣蛋的孩子而拒绝他的要求。不过，蒂姆还是决定要试一试。为此蒂姆都在心中酝酿好，见到镇长时必须收起脸上的戏谑，得装出一副楚楚可怜的样子来博取他的同情。

蒂姆找到镇长，本以为会有一番波折，但他做梦也没想到，镇长在听说他的来意之后，几乎是不假思索地就答应了他。蒂姆临走的时候，镇长还捏了捏他的小脸蛋，笑着说："可爱的小天使，我们会充分考虑你的建议的，放心吧！"

接下来，镇长亲自拟了一份报告，将蒂姆的小小心愿告诉了市长和相关路政方面的负责人。没用等多久，上面就批复了下来，说同意将道路开通典礼延期一天。蒂姆得知消息的时候，顿时感觉满世界的花儿都在向他绽放。他打电话告诉了父母，父母在电话那端也高兴得笑个不停。

道路开通的那天，早上8点典礼处就围满了人，小蒂姆也在其中。这可是萨姆特全镇的大事，能来的一个也没缺。大家和小蒂姆一样，都在焦急地等待着蒂姆的父母。据说，他们在返程的路上遇到了一点小麻烦，车

中途抛锚了，回来的时间可能会稍微晚一点。

没关系！市长和镇长以及其他负责人觉得，可以继续等下去。结果，一直快到中午时，小蒂姆终于发现了父母的身影。人群中也出现了欢呼声，迎接小蒂姆父母的到来。最后，在所有人的亲见下，盛大的开通典礼开始了。在漫天的鲜花和气球下，小蒂姆和父母一样，热泪滚过脸颊，热乎乎地滴落在地面上。蒂姆全家都饱含感激的目光，瞧向台上的市长和镇长，他们觉得，这是快要到来的新年里，他们送给自己最好的礼物。

事后有媒体采访镇长，为了等待一个孩子的父母，而将既定的道路开通典礼日期更改，是不是有点不值得？或者说，为了一两个人，就将如此有意义的日期更改，是不是有点小题大做，甚至是浪费时间资源？

蒂姆镇长连忙摇头否认，他笑着说："我们觉得更改典礼日期并没什么大不了。而且，我们也并非仅仅为了等待孩子的父母，我们觉得更改一个小小的日期，动作看似很小，其实作用却很大——首先我们不想辜负一个孩子酝酿了好久才有勇气提出的小小心愿，另外我们觉得更重要的是，能给孩子的心头带去最美好的温暖。甚至，可以温暖并且改变他的一生。我相信，我们的举动对于孩子来说，应该是这个新年里，甚至是他一生中最美好的礼物。"镇长说这话的时候，眸子里满是柔情和自信。

事实证明，镇长说得没错。自从那之后，蒂姆似乎脱胎换骨般地变了一个人。在他的脸上，整天充盈着温暖的阳光和善意纯真的笑容。似乎，世界上每一朵花、每一棵小草都在和他打招呼。

祝你不要一路顺风

上个月，10岁的女儿仰着小脸问我："爸爸，宇航员在太空中怎么解决上厕所的问题？"

　　这个问题，涉及失重等相关的物理知识。尽管我是一名语文老师，但答案我却是知道的——一年前，我就在网络上看过相关问题的解答，个中原因也是早就了然于胸的。只是我一直信奉"宝剑锋从磨砺出"的信条，不想立马就把答案告诉给女儿，所以就特意绕了一个弯儿，笑着回答女儿："这个问题，爸爸也难以回答。你若想知道答案，不妨去图书馆查找一下答案，顺便跟爸爸分享一下答案，也让爸爸增长一下知识。"

　　女儿听说我这个做老师的父亲都不会解答，反而显得动力十足，脸蛋像是一面胜利的旗帜，自豪地跟我讲："放心，我一定会成功找到答案的！"

　　女儿的踌躇满志，最终却换来了一头冷水：学校的图书馆非常简陋，根本就没有相关的书籍。没办法，我开车送她去了县里的图书馆。到了图书馆门前，我故意找了一个理由说有事要走开，让她一个人进去查询。三个小时后，她依然一脸失意，告诉我说她没找到答案。我安慰她，县里的图书馆没有相关的答案，那我们可以去市里的图书馆。只要功夫深，铁杵一定磨成针。女儿顿时来了兴趣，吵吵嚷嚷着说要去市图书馆，颇有"不破楼兰终不还"的豪气。

　　到双休的那天，我开车载着女儿来到了市里的图书馆。这次，我在一侧翻看着我喜欢的书籍；而另一边，女儿像是一只忙碌的小蚂蚁，为着她的夙愿而在书山之中纵横穿梭。终于，两个多小时候之后，女儿像是穿着水晶鞋的小公主一样，神采飞扬地站在我的面前嚷嚷说："爸爸，爸爸！我找到答案了！"

　　当然，我很乐意装作虚心受教的样子，倾听着女儿辗转收获的答案。我愿意，愿意和她分享历经辛苦之后收获的喜悦。这种收获，犹如春播秋收的农人，只有在辛苦耕耘之后才能体会到丰收的硕果带来的那种至高无上的享受。

期中考试时，我作为优秀学生家长的代表参加了家长会。也许是同行的缘故，我和女儿的班主任的交流也更多一些。言谈间，我提及了女儿问的这个问题，并提及了我们"辛苦"而获的答案。女儿的班主任听了我的讲述，先是一愣，然后便是神情间颇为不屑，笑着跟我说："葛老师，看你年龄也不太大，但是思想也太out了。这些问题，哪里还需要东奔西走辗转于各大图书馆呢？"

他语毕，迅速从口袋里掏出自己的手机，熟练地打开手机里的百度网页，简单输入女儿的问题，短短几秒钟的工夫，便将答案找了出来，且得意地跟我说："看，答案出来了。"彼时他的神情，睥睨天下，唯他独尊。

蓦然间，我的心便悲凉了。内心里我想跟他说，不是我不知道百度的威力，不是我不了解网络的神奇，只是我一直觉得，凡是轻易而获的答案，也是必定不被珍惜的答案。只有那些几经辛苦辗转之后得出的结果，才是印入脑海最深刻的答案。这一点，犹如我从教多年来，一直发自肺腑地希望学生们在今后的人生道路上，能够披荆斩棘，一路顺风。但与此同时，我又是多么诚挚地希望，在他们的人生道路上，又千万不能真的是一路顺风。

孩子，祝你不要一路顺风！这句话，才是身为人师的我，在灵魂深处最真挚而又深情的呐喊。

请从她的世界路过

四川阿坝的一座山下，我们一行人在山脚还未站定，就不禁为眼前的奇山秀水而惊呼起来。在我们身旁不远处的一块水磨石上，一个本来静静

总有一种爱润物无声

坐着的10岁上下的孩子,听到我们的欢呼声,眸子倏然亮了起来,一个鹞子翻身就从石上一跃而下,蹦蹦跳跳地来到了我们面前。

他向我们介绍,说他叫吉布,他可以当我们的导游。怕我们因为他的年龄而怀疑他的资质,还把胸脯拍得震天响,说山上山下没有他不知道的地方。我们相视笑笑,为这个孩子的可爱而忍俊不禁,也为他的人小鬼大而感到些许惊讶。吉布看我们似乎并不动心,那张枣红色的面孔似乎更加红润,似要溢出血来。或许是因为太过心急,他竟脱口而出:"我做导游是不收钱的,只要你们……"

我们笑了,这世上哪有免费给游客服务的导游!谁也没想到,这个孩子为了挣钱竟然撒出这样一个幼稚的谎言。我婉言拒绝了他,并且委婉批评他这么小不读书,却因为想挣几个钱而放弃了学业。他更急了,连忙摆手否认,说他没有不读书,只是趁着周末休息,来做个兼职的导游而已。说到急处,他的眼泪竟然扑簌簌地落了下来,向我们叙说了他的故事。

吉布原本有个幸福的家庭,父亲在阿坝藏族羌族自治州的一家冶金厂做工人,妈妈在当地的一所学校里干后勤工作。他们的生活虽然谈不上富裕,但日子在平淡中却又不失幸福地一直流淌着。直到2008年5月份的那场地震袭来,吉布的父母在地震中双双殒命,只留下他和奶奶相依为命。从那时候开始,他的天就塌了。

我们谁都没想到,这个刚才还一脸阳光的孩子,瞬间就变得忧郁悲伤。我们更没想到,这样一个活泼可爱的孩子的背后,居然有这么辛酸的故事。

吉布抹了抹眼泪,又使劲挤出了一个笑容,说:"我没有骗你们,我给你们做导游,真的不收钱,只要你们答应我一个条件就行。"他转向上山的一条小路,说只要我们不走大道,跟着他走这条小路就行。

我们在心里隐约猜到,这条小路沿途一定有不少购物场所,而他带领我们舍大道而走小路,无非是想带我们走进这些购物场所,拿点回扣罢

了。我们虽然心知肚明，但还是因为同情他的遭遇而装作不知晓，任由他带着我们走进了上山的这条崎岖小路。我们想，就用这种装作不知情的善良，在暗处给予他一点不伤他尊严的帮助吧。

我们在崎岖狭窄的山路上前行着，但令我们每一个人都很意外的是，沿途我们并未看到一个景点和购物场所。这条路，分明就是一道普通的山路而已，连一般的观景路都算不上。我们不禁在心里暗暗奇怪，直到走到半山腰的时候，吉布叫住了我们，让我们在一民房处休息一下。

这是一座带有简单的篱笆院子的民宅，因为在半山腰间，旁边有花有草，倒也清幽无比。我们刚在院子里的青石墩上坐下来，便听到屋里传出苍老的声音："是吉布吗？是吉布回来了吗？"

吉布脆生生地应了一句就跑进了屋，缓步从屋内推出了一个轮椅，轮椅上坐着一个白发苍苍的老太太，正一脸微笑，慈祥地看着我们。吉布拿上茶水招待我们，把老太太，也就是他的奶奶介绍给了我们。本来，我们没好意思叨扰太长时间，稍坐一下就准备起身前行，但吉布却执意要我们再坐一会儿，说他还要把山里采摘的瓜果拿上来给我们品尝。

交谈中我们得知，老太太是吉布在那场地震中唯一幸存的亲人。命虽保住了，但双腿却没了。从此，吉布用自己孱弱的身躯扛下了整个家庭的重担：除了上学，其余的时间吉布要么是在洗衣做饭，要么就是在采摘瓜果去山下出售。而每到周六和周日两天，吉布就免费去山下招揽游客，免费为他们导游。奶奶说，如果没有吉布，她的天，也早就塌了。

我们把吉布用泉水新沏的茶喝完，把他采摘的新鲜瓜果吃完，就在他的带领下继续上山。大概半个小时之后，吉布把我们带到上山的栈道，告诉我们顺着这条路上去就行，他得回家去照顾奶奶了。我们给他几百元钱，但他执意不收。起初，以为他是在客套，可直到他涨红了脸才明白他是当真不收我们的钱。

我奇怪，便问他："你每次给游人免费导游，那你不是白忙活了？还有就是，你给我们做导游，为什么不走景观路，而偏偏挑了一条狭窄偏僻的小路？"

"说不收钱，就不收钱！"吉布摇摇头，小脸仿佛更红了，眸子里氤氲着一汪光影，"我带你们走那条小路，其实我也是有私心的。"

"私心？"每个人都愕了一下，整个过程中我们谁都没有发现吉布有什么私念存在。相反，他还白白搭了些瓜果给我们品尝。

吉布突然回过头，看着半山腰的方向，目光尽头，隐约还能看到他家的房子，在一片葱绿中露出的一角。吉布说："我只是想让你们路过我家，陪奶奶聊聊天。"

原来，地震之后，吉布奶奶的脸上就很少露出笑容了，常觉得这个家太冷寂了。他知道，奶奶一直在追念着以前一家人在一起说说笑笑的热闹。而现在，奶奶的世界里，除了他这个年仅9岁的孙子，其余的都被失去亲人的孤独和寂寞充溢着。他做义务导游，带领游客走这条山路，也只是想让更多的人能走近奶奶的世界，哪怕是在她面前喝喝茶，吃吃瓜果就行。吉布明白，一群又一群游客对奶奶来说虽然是陌生人，但就是这一群群陌生人，却会给奶奶的世界里平添热闹与欢笑。

下山的时候，我们特意绕了一圈，再次经过吉布的家门口，走时偷偷地在院子里的石墩上放了点钱。我们知道，这条偏僻处的狭窄小路，满载着一路的芬芳，一路的春暖花开。因为，这是一条天使踏过的小路。

第五辑

你是我的命

总有一种爱润物无声

吉尔斯太太的秘密

"吉尔斯太太,听说您和琼斯夫人走得很近?"托克一脸羡慕。

"是的,我们自上月认识后,我经常出入她家里。"吉尔斯太太语气很平淡,"每次,我还带着我的儿子吉姆一起。"

托克的眼珠子更亮了:"琼斯夫人可是社会名流,上层人士。她的家里,肯定是富丽堂皇吧。"

"那当然。地板光滑得苍蝇都站不住,钢琴擦拭得连人影都能照出来,那些美食甜得都能把人心给融化。不过,我从不吃她家的东西。"

"哦,尊敬的太太,您怎么认识高贵的琼斯夫人的呢?恕我直言,您的身份和地位,实在……请原谅我的直率。听说,您家最近半年来经济颇为拮据。"

"是的,这点我并不避讳。至于我和琼斯夫人认识,还得感谢海伦夫人,她是一个善良的女人,并不嫌弃我的贫穷。"

"如果没说错的话,海伦夫人也是贵族。"

"是的,你说得一点都不假。不过,海伦夫人的好朋友杰克牧师我认识。我是通过他才结识海伦夫人的。"

"但是据说杰克牧师每天都很忙,这样一个大忙人,又哪有时间和你认识?"

"这个没关系,也许善良的人容易得到牧师的同情吧。"吉尔斯太太一笑,"杰克牧师有个信徒叫多利,我和他也称得上是好朋友。"

"多利？你是说在城东菜场的小贩多利？"

"是的，就是他。"

"可是据我所知，您家里买菜一向都是去城西菜场，那里比较便宜。多利所在的城东菜场，价格比较贵。"

"哦，这个不影响。塔林推荐我去的，所以我就过去了。"

"塔林？你是说开裁缝店的塔林？"

"是的，就是她。为了认识她，家里只要需要做衣服，或者修补衣服的，我都去照顾她的生意。"

"嗯？那照你这么说，你还是带有目的性地去接触多利的？"

"不是，不是你想的那样……"吉尔斯太太有点慌乱。

"吉尔斯太太，我早听说您是一个善良坦诚的人。今天，我感觉自己错了——您，一点都不坦诚。"

"我没有不坦诚……"吉尔斯太太嗫嚅着回答。

"像您这样的身份，以前和那些人是没往来的。现在据您的话可以明显看出，您想接近的终极目标是琼斯夫人。您打听到她有个好朋友海伦夫人，而为了认识海伦夫人，您又打听到了她的朋友杰克牧师。杰克牧师那么忙，很难有时间和您说上话，于是您又千方百计认识了他的信徒多利。而多利既然是个信徒，自然也很忙碌，再说了他是个小心谨慎的人，不会和陌生的你聊得太深。为此，您又听说了裁缝塔林经常为多利做衣服。于是，经济本就拮据的您，省下所有的钱，找各种理由去照顾塔林的生意。目的，就是为了结识塔林。这样，一环扣一环，您的最终目的，是为了琼斯夫人。"

"托克警官，事情不是你想的那样……"吉尔斯刚想往下说去，又被托克打断了。

"吉尔斯太太，如果您犯了法，我现在就可以带走您。之所以和您细谈，就是说明我并没说您做了什么违法的事。我只是想知道，您千方百计结识琼斯夫人的目的，到底是为了什么？您没必要否认，因为我们已经调查到，您除了为了认识多利而付出了一些在衣服上的花费，您还常烘焙饼送给多利来讨好他。多利把你介绍给了杰克后，您又用类似的方法——听说杰克牧师最喜欢的就是听小曲儿。为此，你现学了很多小曲儿，唱给杰克牧师听。杰克牧师说过，您的嗓子真是天生地好，头脑也聪明，学什么都很快。"

托克警官喘了一口气，接着说："然后，您通过杰克认识了海伦夫人。海伦夫人是个疏于打理家务的人，您说海伦夫人是您心目中最有气质的女人，为此，您不遗余力地帮海伦夫人做了很多家务。在感动了海伦夫人并取得她的信任后，您终于认识了高贵富裕的琼斯夫人。您每次给琼斯夫人讲那些新奇古怪的故事时，您的儿子就在外面的客厅里弹琴。吉尔斯太太，我说得对吗？"

吉尔斯脸色煞白，低头说："是的，托克警官，您真是料事如神。"

"好了，回到刚才那句话，您可以说了吧，您如此大费周章、不惜代价地认识琼斯夫人，最终的目的是什么？"

"为了她家里的那架钢琴。"吉尔斯太太撑不下去了。

"钢琴？您想偷走那架价值不菲的钢琴？"

"不不不……"她连连摆手，"托克警官，您应该知道，我是一个正直善良的人，从没拿过人家一针一线。"

"是的，我听说过。但您还是有必要解释一下钢琴的事。"

"我的儿子非常喜欢钢琴，在学校练得也还不错。为了参加全州钢琴比赛，他必须投入大量的时间练习。学校里的钢琴只在上课时开放，校外的辅导班学费太高。我听说，琼斯夫人家里有全州最好的钢琴，所以我就花了这么多心思来接近她。一切，我只是想让孩子多一点练习钢琴的时间。"

"啊……啊……"托克有点惊愕，半晌才继续说道，"吉尔斯太太，其实我也只是跟你开个玩笑而已。我知道，您这样善良的女人是不会怪我刚才的唐突的。我走了，打扰您了。"托克向吉尔斯太太深深地鞠了一躬，走出门时，狠狠地抹了一把泪。

他的内心，依然明媚如初

初中的同窗好友，也是小时候同村的玩伴，在QQ上发信息告诉我，说阿全死了。阿全是谁？我已经毫无印象了。直到好友说出"季丙全"的全名，提起他的绰号"蘑菇全"时，我才将他从记忆之海中慢慢地拖拽而出。

阿全和我也是同村，性格憨厚木讷，从小就寡言少语，任是看见谁，顶多憨憨一笑。当然，除了我。

我和阿全的投缘，始于羊。我很奇怪，阿全怎么那么大能耐，竟能让成群的羊都一一听他的指挥。阿全看我和他年龄相仿，便跟我讲起了放羊的秘诀。而我，亦以崇拜的目光看着阿全，我头次听说，原来放羊这么新鲜有趣。

后来，我们在小学和初中都曾分在同一个班里。记得初三时，我和阿全的关系已经到了形影不离的地步。那时，我和阿全彼此都说过，要做一生一世的好朋友，"苟富贵，勿相忘"。

到了高中时，他在三中就读，我在县一中就读。彼此间的联系，因为学业繁多，稍稍疏远了一点。等到读大学时，我去了南方，他却落榜了。也就是从那时开始，我们渐渐就失去了联系。我还能记得，读大学临走时，阿全也来了车站，紧紧握着我的手说："苟富贵，勿相忘"。我应了他一句相同的话，重重点了点头。

后来，我终于越来越认同那句话——光阴是最无情的杀手，它可以带走世间一切美好的东西，包括你原先一直坚持着的、期盼着的。从进入大学开始，我就忙碌于四年之后的事情，为以后工作未雨绸缪。经验、人脉、圈子等字眼，不断扑入我的脑海。关于幼年时、少年时的友情，还有一些当时觉得颇为豪气干云的承诺，已经逐渐淡去，甚至有的已完全忘却。

六年没联系了，六年没消息了。六年，已经让我这个整天忙事业、忙家庭、忙写作的人，足够把这个叫作阿全的人完全忘记。所以，当听说阿全死了的时候，我只是微微地一惊，淡淡地说，哦，怎么死的？朋友说，癌症，晚期。这么多年来，身边不乏生命消逝的事情，去了好多次殡仪馆，我已经逐渐对生命的消逝，在越来越心痛的同时，亦越来越麻木。

我问朋友，阿全得重病的消息，你们几个都知道，怎么就我一个人被蒙在鼓里？阿全怎么不对我说一声，我也好去看看他？我说这话的时候，其实明显感觉到底气不足。逝者已矣，我之所以用这样的语气表达我对他的不满，其实只是证明我好像还很在乎他。

电脑屏幕上的小企鹅头像闪了闪，朋友回了信息：阿全被查出癌症晚期时就嘱托过我，一定要在你面前保守秘密，怕影响你的工作和心绪。

朋友顿了顿，又发过来一句话：阿全说，你是他最好的朋友，你要知道了，肯定会难过得要死。

我的心突然一阵悸动，嘴角的肌肉明显感觉到抽搐了几下。原来，我这个喝过很多墨水的人，一直将阿全只当作是生命中的过客，而我，却是他友情宫殿里，永难磨灭的记忆。

终于在自责中明白，不是这个社会变化得太快，而是我们的心变得太快：我们为了更好地生活，总是找出诸如"社会繁杂紧张，生活节奏加快"等理由，来搪塞自己对友情、对亲情的遗忘。其实，有些人类生来就有的本真、温暖、美好，永远停驻在人的心中。譬如阿全，任是世界转动，处处繁华，他的内心，依然明媚如初，美好得让人心碎。

今生难忘的年夜饭

关于年的味道，我喜欢鼻端飘过来的爆竹味，还有母亲最拿手的红烧排骨香。但不管多少个春节过往，我最难忘却的，永远是20年前的一顿年夜饭。

20年前的除夕前一天，穷得叮当响的我家，一家七口人窝在逼仄的屋里唉声叹气。那年，父亲做生意折了本，赔了个精光，凑无路，借无门，窘困得连买肉钱都拿不出来。别人上街购物时，我们却宛如受了伤的蜗牛，紧紧地缩在屋里。

年幼不更事的我们，围着尚还算旺的炉火，静静地看着父亲黝黑的脸庞，没人敢说话。半晌，才5岁的妹妹开了口，向父亲要小花鼓。憋了一肚子气的父亲，刚想冲妹妹发火，但看到妹妹瘦削的脸蛋，又硬生生地压了下去。就连母亲后来也说，一向脾气暴躁的父亲，那一刻等于是无限的温柔了。

父亲脸上的血色越来越浓，目光扫过我们每个人的脸庞，突然站起身来说，我去给你们弄钱买肉吃去，过大年，缺啥也不能缺顿带肉的年夜饭！父亲一言不发朝屋外冲去，母亲紧跟着都没能拉住他。

父亲到底上哪能弄到钱去买肉呢？只有母亲心知肚明，父亲做生意赔了本，谁还敢借钱给他。

我们没想到的是，两三个小时后，父亲居然真的提着新鲜的猪肉回来了，而且左手还拎着两条鲜活的大红鱼。父亲走路的姿势，是迈着大步的样子，双手前后摆动。到现在我都认为，那时的父亲，左手拎鱼，右手提肉，雄赳赳的样子真像得胜归来的将军。

我们欢呼着拥着父亲，都为父亲的足智多谋而感到万分敬慕。只是，我们始终不知道，父亲回来的时候，脸上那青紫的伤口是怎么回事，也没人敢问。

那年春节，没有新衣裳、压岁钱，也没有爆竹声。但那年的年夜饭，我们吃得最香，也最难忘却。母亲边吃，还边偷偷地抹眼泪。

直到几年后，母亲才将秘密告诉我们。原来，父亲冲出屋之后，专朝人多的地方去。他和熟人们故意开玩笑，还半真半假和同村的余叔摔了跤。父亲故意输给了余叔，且还借着余叔的力顺势将自己重重地摔趴在地，脸部受伤。余叔吓得扑上前，要将父亲送卫生院。父亲摆摆手，说自己皮厚，不碍事，给点钱自己去看医生就行。余叔知道他的牛脾气，就给了父亲50元钱。

母亲刚讲时，我们还奇怪，健壮如牛的父亲怎会输给矮了一大截子的余叔。直到讲完才明白，父亲只有这样，才能给我们提供有肉的年夜饭——用爱心、责任和尊严做成的年夜饭。

借一段阳光温暖她的臂弯

她每天早晨7点走出家门，右拐，乘上9路公交车，大概要半小时的路程就能到学校。

她白皙素净的面庞上和雅致美丽的五官间，总是带着一丝若有若无的伤感。乘上公交车之后，她就努力地绽放笑容，努力将那丝伤感给赶走。

9路公交车途径市里唯一的妇幼保健所，车上每天都有着很多孕妇或者带着幼儿的准妈妈。每一次乘车，只要看到有哪个准妈妈没了座位，她便会第一个站起来，抢着腾出座位让给她们坐。她就静静地站在座位旁边，时不时蹲下身去，逗孩子笑，还给孩子讲童话故事。

即便是车上座位都满了的时候,只要有抱着孩子的女人上车,她都凑上前去,以自己身强力壮为由,主动要求帮对方抱一下孩子。几乎没有人会拒绝她,因为她那素雅姣好的面容,特别是眸子充盈着的对孩子极爱的母性光辉,加上她在9路公交车上久了,大家都知道她是红旗路小学的五年级老师,就更没有人能拒绝她那温暖的臂弯了。

慢慢地,她越来越得到大家的喜欢,还经常有人向她讨教教育孩子的经验。就连司机也笑着夸,老师就是老师,素质高,不仅主动让座位,还帮别人抱孩子!每当此时,她如玉的面庞,总是飞过一抹嫣红。

事情,在几个月后的某一天,突然发生了变化。

渐渐地,9路公交车上的乘客开始议论她,且一传十,十传百,议论她的人是越来越多。话题只有一个——说她肯定遭受过重大的打击,精神一定不正常。一开始,谁也不相信。的确,一个面容姣好、气质非凡,且还是小学老师的她,又怎能是精神不正常的人呢?但随着铁打的事实出现时,几乎所有的人都信了。

她的家,距离学校只有区区几里的路程,只消出门之后,从对面的巷子里穿过去,再拐个弯走一段路程,就可以到红旗路小学了。整个过程,步行也不过10分钟的时间。而她,几个月前,便舍却了那条捷径,搭乘9路公交车,颇费周折地绕一大段路、花费大概半个小时到达学校。

这样的事情,脑子没病的话,谁会这么做?人们又联想到,脑子要是没病,怎会抢着让座,又怎会那么热心地抢着抱别人的孩子?特别是这段时间社会上发生的几起杀害幼儿的案件,更让人们的心多设了层防。

她的热情,逐渐被人们所否定,继而便紧紧地与"精神病"三个字联系了起来。9路公交车上的人,对她的喜欢也慢慢淡漠,再也不将孩子送给她温暖的臂弯。

她亦开始感觉到车厢里气氛不对,当她将自己的手伸向那些孩子时,遇到的总是退缩的步伐,视线里尽是对方满脸担心的面容。她的心,酸酸的，间隙里还有一阵一阵的刺痛。她不知道是什么原因，让车厢里以前对她笑意盈盈的人们现在却变得如此冷漠和决绝。

直到那次，当她再次将手伸向可爱的婴儿时，终于有人向她咆哮了起来，且将"你精神不正常"六个字无情地砸向了她。她否认，但又有人确凿地指证，说已经了解到她的孩子几个月前病逝，她肯定是精神上接受不了事实，继而遭受了刺激，精神才变得如此不正常。

终于有人说出了真相。而她，也在泪水潸然中点了点头，承认了这个事实。车厢里所有抱着孩子的人更向后退了几步，给她腾出了一个寂寞伤痛的圆。

她哽咽着说，她那可怜的儿子只有两岁。自从病逝后，她生活画卷里所有关于幸福的颜色全部被抽走，剩下的全是落寞的苍白。她实在太爱孩子，太想念孩子，割舍不断那份骨肉亲情。所以，便改变了以前的上班路线，宁愿多绕一个大弯乘9路公交车去学校。之所以如此舍近求远，就是想在车厢里抱抱和她儿子差不多岁数的那些孩子。

她解释完的时候，车厢里陡然一阵寂静，再也无人言语。

人们亦在泪水中终于明白：她没有别的想法，她只是想自己臂弯里不再那么冷寂，只是想自己空空的臂弯里能得到更多的慰藉和母爱的充实。

那次以后，她踏上9路公交车时，车厢里又恢复了以前的温暖。更多的人，见过她的，听说过她的，都将自己的孩子送往她那温暖的臂弯。还有几个女人，哄着自己的孩子叫她妈妈。

人们知道，失去孩子之后，她的世界里便是一片黑暗，她那空虚的臂弯里一定寂寞苍凉。人们只是想，借她一段又一段的阳光，折射到她的胸膛、温暖她的臂弯。

一年365个电话

尽管家里有座机，我还是给母亲买了个手机。一来，夜里打电话给她，她再也不用下床接了；二来，她要是想打电话给我，随时随地都可以。

母亲有了手机之后，果然打给我的电话变得比以前多了。但奇怪的是，她每次打电话给我，总是响两声之后就挂了，还得让我回过去。

我问她原因，她在电话那端就是笑笑不答，避开这个话题。我猜想，母亲定然是不知道我早已经为她那张卡上预充值了五百元的话费，担心自己上了年纪，若是话费打完了，还要到数里之外的镇上去充值。

不管大事小事，母亲每天都会打我的电话响两声，之后我便回过去。也没啥事情，要么问我这边的天气如何，要么就是问我今天吃啥了，叮嘱我工作之余，也要注意休息等。

直到今年春节回家，我从父亲的口中得知，母亲用这种方式和我通话的原因。

我工作繁忙，公司里事无巨细，都要经过我的商榷，才能批准通过，有时忙得几个月不往老家打个电话，也是经常的事。

母亲爱活动，嗜串门，为了图个面子，为了图听听我这个儿子的声音，更为了图个我这个做儿子的"孝顺"名声，她每次无论是和人打牌，还是聊天，抑或跳舞时，都通过打我的电话，让我回过去，装作接听我打过去的电话，在别人面前夸我这个做儿子的孝顺，夸我时时不忘故乡，夸我时时惦念着父母，不为别的，就为了让大家都知道，她的儿子，每时每刻都挂念着她呢。

我这才想起，我问母亲最近在老年活动中心都有哪些活动，她却说，她最近身体很好；我问她，家里的收成如何？她却说，口袋里有钱花，吃得好穿得好。

我想起一首歌,里面唱道:一年有365个祝福。而自彼时起,我一年或许没有给母亲365个祝福,却做到了给母亲一年365个电话。事无巨细,哪怕是一声问候、一句叮咛,从未间断。

怎能忘却你的爱

若爱意一直能绵延下去,他只能选择将爱缱绻于笔墨中,寄托在画卷上;若要问真爱能爱到多久,怕是如李秋君这般——从开始,到死才止。

20岁那年,张大千正意气风发,踌躇满志。彼时的他,在上海滩声名鹊起——他临摹名家的画作水平之精湛,就连画界一流的鉴定专家也分辨不出其真伪。张大千的画作在当时流行之广,上至达官显贵,下到市井百姓。

1929年,宁波富商李茂昌从张大千处购得一副仿照石涛的画作,拿回家即迫不及待地展卷欣赏。只见用笔之流转自如,力度之均匀得体,画之意境喷薄而出,自己竟丝毫看不出与石涛原画作有何不同。李茂昌一生栉风沐雨,阅人无数,从不肯轻易赞人一句,而此时,却从内心里为这个年仅20岁的小伙子而深深折服。

李茂昌正赞叹之际,其女儿李秋君走了过来,她只是稍稍一看画卷,就称此画是赝品。不过,李秋君却也赞仿画之人天分甚高,将来成就之大,可以用划时代来形容。李茂昌的心倏地一动,暗赞女儿眼光之独到。而在他内心深处,一个更奇妙的想法更是慢慢滋生。

李茂昌数番邀请张大千到府上一叙。那天,张大千应邀。他被客厅的一幅荷花图所吸引，他感到很奇怪，和李茂昌说，此画用笔气势如男子，可画旁字体却又是异常瑰丽、脱俗且有女风，看来，画界真是天外有天呀！李茂昌微微一笑说，画主就在我府上，你可愿见上一见？张大千闻听，大喜过望，立即应允，且笑称要拜这个高人为师。

当毕业于上海务本女中、远近闻名的才女李秋君出现的时候，张大千立即被其清丽绝伦的容姿和超凡出尘的气质所迷倒，只是区区一眼间，便在心头涌满了爱怜。愣了几秒的张大千瞬即跪倒在李秋君面前，行了拜师之礼。李秋君未想到张大千会行跪拜之礼，虽然感到惊愕，但还是深深为张大千的才情所吸引。一刹那间，两颗心无声地交融在了一起。

自此，后楼李秋君的"鸥湘堂"便成了他们的画室。他和她，除了分室而眠，其余时间便形影不离。她爱他的画技和人品，他爱她的才气和绝世之貌。彼此间的爱慕，在研墨的时分里，在笔端流转的间隙里，越来越浓。然而，两人却又都将爱意放在了心底，谁也没有主动表白。

直到那次，李秋君看到张大千给四川的妻妾写信，便幽幽地道，若是你能再娶一个大小姐为妾，岂不福分更大？张大千稍稍一愣，长长叹了一口气，竟是一声未吭。

那个晚上，张大千再次跪倒在李秋君面前，声泪俱下：三妹呀三妹，若论我一生红颜知己，除你再无别人。只是，我已有妻妾，若再纳你，必是使你才女受辱，名节亦损。而我，怕是亵渎神灵，要遭天谴了。说罢，便疾步回到自己房间，一个人站在窗前，嘴里始终念叨着，相见恨晚，相见恨晚呀……他的手里，拿着刚刚刻的一枚方印，上面两个字——秋迟。

只是张大千不知道，他说了那番话之后，李秋君暗流珠泪，直至天明。

自此，李秋君亦不再多言爱意。她只是把爱深深地埋在了心里，在张大千面前没有再提婚嫁之事，而是以妹妹自居，且称终身不嫁。

总有一种爱润物无声

　　1930年，李秋君随张大千来到上海，在国立美术学校任教。彼时，她一如既往地照顾他的起居生活，甚至亲手为他缝制衣服。张大千外出的时候，门徒由她来代选。所有的徒弟，都被她所感动，敬称她为"师娘"。李秋君并不拒绝，每当听到"师娘"二字时，脸上便是忽然花开，笑容静好。她不要名分，她亦不傻不疯，她只是想爱一个人，到永远。若一定要形容她对他的爱，只能是一个"痴"字了。

　　张大千不管在哪里，也从未中断过与李秋君的联系，直到1949年去了东南亚，彼此间失去了联系。后来，张大千从东南亚到南美旅居。他发了疯地思念着李秋君，每到一个国家，就要收集一点泥土装在信封里，写上"三妹亲展"。他画画，画里满是对她的柔情。要不，那幅专为李秋君所作的《苍莽幽翠图》，怎会是他一生最钟情的佳作，又怎会不管谁出多大价钱都拒绝出售呢？而"秋迟"两字，更是作为很多画作的落款。

　　1971年，李秋君去世。正在香港举办画展的张大千闻听此讯，悲恸万分。从1949年失去联系开始，张大千未曾想直至李秋君去世都没能再见上她一面。本性洒脱的他，居然立即大哭出声。那时，他在房间里长跪不起，几日几夜拒绝进食。

　　八年后，张大千谢世。有人说，李秋君死后的八年间，张大千一直郁郁不乐，神情凄然。他身边的弟子见到最多的场景是：自李秋君死后一下子就苍老了许多的张大千，常常把自己一个人关在屋子里，泪光潸然地看着那幅《苍莽幽翠图》，而嘴里，总是不知厌倦地反复念叨着同一句话："三妹一个人，三妹一个人呀……"

　　是的，她爱他一生，无怨无悔。这样的爱，他又怎能忘却？

送你一场风花雪月

她没想到，憨直木讷的丈夫做起生意来有模有样。短短三年，便将建材店打理得有声有色。想到她暗地里曾多次担心，担心憨厚老实的他在生意场上吃不开，不由得暗笑自己多虑。

她曾在他面前说过对他的多余的担心，以表心中歉意。他听了，依然憨憨一笑，说自己人缘好，人家都信任他。她细想也是，他虽为人木讷，但忠厚善良，在交际圈里的口碑一向很好。

那天，全职妈妈的她在打扫房间，收拾完之后，想起要打个电话给娘家。但怎么找，也没找到自己的手机。正找时，他回家了。她让他拨她的号码，期望循着铃声找到手机，但房间里没听到任何铃声。她这才想起，因为怕铃声会惊醒孩子，便设置成振动状态。

他刚回来，脸上还带着疲惫之色。她便让他抓紧进屋休息，准备自己拿着他的手机一边拨打，一边聆听手机的振动声。谁知她刚伸手准备拿他手机的时候，他却像触电似的将手缩了回去。

她呆了一呆：他是怎么了？怎么自己要个手机，他却那么大反应？她的心中，陡然一个激灵——莫非，他的手机里有什么瞒着她的东西？莫非，他生意越做越大，交际圈子也越来越广，在外面居然有了新欢？

她越想，便越觉得可能。她越朝他的脸上看去，便越觉得他的表情可疑。想到这里，她更加坚定地伸手拿他的手机，可他就拼命向后躲。

其实，她心中对他一直有个小小的芥蒂，就是有时会埋怨他不懂风情。譬如，虽然他送过自己很多礼品，但从没刻意给过自己一个拥抱、一个亲吻，特别是一句"我爱你"的话都没说过。要知道，女人是水做的，最喜欢那些柔情似水的情话，哪怕再怎么肉麻，对女人来说也是一种缠绵。只是芥蒂归芥蒂，毕竟他对自己却是千般好、万般爱，又哪能因为这点小事而心生不快呢？

但今天，她实在生气，不由得就火冒三丈，马上质问他："你是不是在外面结识了新欢，整天你侬我侬的通话、发信息，所以今天我问你要个手机，你都拼命地往后躲？"

这下，他也急了。他一直把她当作是手心里的宝贝疙瘩，啥事他都依着她，让着她。但今天，她怀疑他在外面有了新欢，这对他来说可是个不轻的罪名。

他涨红着脸把手机递到她的手中，嘴里嗫嚅着说："你看可以看，但你得答应我，看了后不许笑话我！"

对他的话，她有点丈二和尚摸不着头脑，查了一番后，短信息里没任何问题，就连现在火热的微信、陌陌啥的聊天工具他都没下载。正有点欣慰之际，通话记录一个叫作"小心肝"的联系人顿时让她怒从心头起。她指着那个号码，怒问："'小心肝'是谁？"

他摸了摸鼻子，没好气地答道："你仔细看看那号码再说！"

她愣了一下，打开"小心肝"的详细联系人一看，那个号码无比熟悉，不是别人，正是自己的。

一瞬间，她愧意顿生，娇羞地扑入他的怀里，嗔骂他是个不正经的家伙。

她这才发现，其实他也是个极懂风月的人，只是心性木讷使他不喜表达，或者羞于表达。而在他的内心里，其实已经送过她一场又一场风花雪月，暗暗地，浅浅地。

对爱小声说说话

国庆期间，文友聚会。有极为熟悉的，也有素未谋面的。

大家边推杯换盏，边交流写作心得，亦有拉拉家常、说说笑话的，反正谈笑风生，一派热闹的景象。

席间，手机铃声响起，一个长得非常彪悍且叫不出名字的男人，迅速起身离席掏出手机接听电话。他也没有避讳大家，只是站在一侧，刚才还是声音洪亮，接了电话之后，第一句便温柔了下去："我在吃饭呢，吃完就立即回家去。"他的声音，温柔得差点就让我们没听见。

"嗯，我知道，会少喝点酒。"男人唯唯诺诺，连忙把头点着。

我们心里暗笑，没想到这个五大三粗的男人，居然也是一个惧内的人。

男人继续把声音压低，也似乎更温柔了，就连虎背熊腰，貌似也弯了下去，只听得他说："你早点睡，不要等我了，熬夜对身体不好。"

男人挂了电话，回到席间，继续和我们投入到欢乐的氛围中。

尽管大家都知道是他老婆打来的电话，但还是有人想打趣他，便问他："刚才那电话谁打来的呀，你看你这么个大老爷们，说话跟个老鼠见了猫似的？"

"哦，是我母亲打来的。"男人淡淡答了一句，夹了面前的一口菜。

我们突然愣住了，原来每个人都猜错了。原因很简单，自以为聪明的我们，总是将这种生活中常见的现象，归结为男人惧内的表现。却很少有人想到，在母亲面前，在爱面前，我们更应该小声说说话。

总有一种爱润物无声

你是我的命

他跟她说，和朋友一起看好一桩大生意，想要投资。她二话没说，便把银行卡交给了他。那里，有他们最近五年来在一起栉风沐雨、辛辛苦苦赚来的三十多万元钱。她知道，他是一个精明沉稳的人，他相中了的生意，绝对是没错的。更重要的是，自五年前他决定痛改前非后，他一直踏踏实实地和她过日子。因此，她信他。

他白天为生意忙碌着，每天都很晚才回来。洗去风尘后，等着他的是她精心准备的饭菜。看着他脸上的疲惫，她总心生怜惜，劝他："钱可以少赚一点，身体更要紧。"他笑笑，说："生意起初都累，往后会好。"

一晚，面色蜡黄的他回到家，一头扎进卫生间呕吐起来。她心疼他，在他身后一边埋怨他喝酒不顾身体，一边又轻拍他的背部。忽然间，她无意中发现呕吐物中竟然有血。她心一惊，问是怎么回事。他笑骂道，没想到这王八蛋酒劲儿这么大，喝得自己连血都吐了出来。她这才稍稍放下心来，并且让他发誓，以后喝酒不能超过三两。他紧紧握住她的手，重重点了点头。

她上网，在网银上发现卡里的三十多万元已经所剩无几了。她不心疼这钱，只是心里有点担心。担心什么呢？担心他每次回家闭口不谈生意的进展，问他，他每次都只是说"正在进行中，越来越有起色"这些抽象的话，具体的东西，支支吾吾说不出个所以然来。慢慢地，她心中的疑虑像是爬山虎，起初还只是零星的，慢慢地就在她的心墙上蔓延开。

暗地里，她偷偷地打开他的手机，发现除了和她之外，别无任何短消息和通话记录。做生意，怎么能不和任何人通电话？饶是她再信任他，现在也不得不怀疑，毕竟，做生意的那么多，像他这样每天回来很晚的又有几个？想到这里，她将手机里他的几个朋友电话抄了下来。

次日，眼见他出了门，她便拿出手机拨打了那几个号码——这些电话，都是他口中所谓的一起做生意的朋友的电话。

几个电话后，她的心凉了，特别是最后一个电话完毕，她的心一直凉到了脚板。因为，对方都言之凿凿，绝对没和他在生意上有来往。她万万没想到，她对他是如此信任，却未想到一切都是骗局。他什么生意都没做，却一次次把卡上的钱取出，还能是干什么？肯定又是重操旧业了。

想到五年前他当着她的面砍下左手食指，还有口中的铮铮誓言，又想到他现在的行为，她不禁暗笑自己的傻。

这一晚，他回来时发现，桌上并没有热腾腾的饭菜，有的只是她那冷冰冰的眼神。

她说："分手吧。"他微微一愣，他知道，肯定是她发现了什么，所以转瞬又恢复平静说："好，房子归你。钱，过段时间也会还你。"

"还什么还？你又拿去赌了，你以为我不知道？"她满腔的火气爆发出来，"我一提分手，你就毫不犹豫地答应下来，敢情你是早就巴不得这样了吧？"

他解释："婚可以离，但我要证明我的清白，钱我只是拿去暂时借用，我会一分不少还给你的。"

她冷笑几声，眼泪簌簌而落，凄声说："亏我如此信任你、爱护你，我只是做梦也没想到，五年前你的誓言居然这么禁不住考验。我只是没想到，你一直挂在嘴里的对我的爱，原来一切都是假的。"

他一急，嘴里想要争辩什么，话没说出口，却是一口血洒落在地面上。他眼前一黑，便晕厥在地。

医院里，她哭成了个泪人。她抱紧病榻上的他，质问他，为什么将肺癌的病情瞒着她。他惨然一笑："都已经是晚期了，绝症了，告诉你有什么用？我知道，明明无力回天，你肯定还会尽一切努力来挽救……不，来延缓我的生命。"

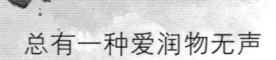

她点点头,说:"当然,花多少钱我都愿意。"

他点了点她的额头,说:"你真傻。我就知道你会这么傻,所以便提前把卡里的钱取了出来,这样,你即便想救我,我也撑不了几天。"他轻抚她的秀发,附在她耳边说:"我的命,不重要。重要的,你才是我的命呀!"

轻挥长袖,逐梦天涯

1928年,当爱德华第一次与沃利斯相遇,便注定了爱的梦魇将会困扰他一生。

彼时,当沃利斯第一眼看到爱德华后,便知道自己的爱意只能寄托在这样的男人身上。但她却很清醒地认识到,若想与爱德华来一场风花雪月的浪漫,可谓是难上加难:论长相,自己貌不出众;论身材,自己瘦骨嶙峋,而且那个年代并不流行骨感美;更重要的是,彼时的爱德华八世是英国最有地位的男人,他的身边美女如云,数不胜数。譬如美娇娘塞尔玛、极具个性魅力的女飞行员贝丽尔、热情如玫瑰的达德利夫人……这些熠熠生辉的名字,犹如硕大的夜明珠,随便一个,都能把她这颗充其量只是一颗小珍珠的光华吞噬。不过值得庆幸的是,沃利斯有一颗极其聪慧的心。

爱德华虽然地位崇高,身边美女如云,但最大的毛病正是美女太多,而让他的心居无定所。沃利斯了解到爱德华的生活单调,且知道爱德华是一个极具幽默感的人,而他身边的女人,除了容貌和身材,别的都太单一。为此,她深入社会,哪怕是酒吧茶馆,哪怕是田间地头,到处搜集大量诙谐的段子和幽默的故事,然后用自己的语言一一转化,改头换面讲给

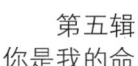

爱德华听，并且用成熟幽默的文笔评论爱德华的生活。起初，爱德华对眼前这个貌不惊人的女人并不来电，但当那些妙语连珠的故事从她的口中吐出，他立马被沃利斯所打动。等到沃利斯穿着品位不凡的艳装，犹如穿花蝴蝶般在他眼前时，他简直为沃利斯所惊艳。

彼时，年轻英俊的爱德华八世彻底迷上了这个女人。他说："天！当我的天空总是一片晴朗，哪怕是来一场暴风骤雨，最起码也能打破始终如一的单调。"就这样，沃利斯终于拥有了她企盼着的爱情。

那段岁月里，她和爱德华一起去山林间看小溪淙淙，去酒吧里聆听音乐。她还枕在爱德华的膝上，为他读世间最浪漫的情诗。而爱德华，在为她轻轻梳理秀发。就这样，二人天天都是天南海北地闲扯，从伦敦的大雾，聊到大西洋的风，从法国的白兰地，讲到西班牙的城堡，一发不可收拾。爱德华知道，眼前的这个女人，就是他生命中的玫瑰。而其他的女人，只是徒具玫瑰的外表罢了。

时光一晃过去几年。这几年里，他们爱，爱得如胶似漆；他们爱，爱得缠缠绵绵。慢慢地，他们想光明正大地将爱情修成正果，结束这场爱情长跑。但爱德华没想到的是，他们的爱情遭到了整个英国王室的反对。

原来，沃利斯的身世是爱情最大的阻力。首先，沃利斯此前已经有过两段婚姻，且出身于贫贱人家。其次，沃利斯的性格中透露出一种剽悍，与王室应该拥有的雍容高贵大相径庭。再次，沃利斯过于开朗的性格、过于广阔的交际也颇让人不安，很多传闻都说沃利斯与纳粹德国经常接触。最后，沃利斯是美国人，堂堂英国王室又怎么能接受一个美国妇女做他们的王后呢？

爱德华与沃利斯的爱情，遇到了重重阻力，且愈演愈烈。无论沃利斯如何不惧世人目光，发誓会改变自己的性格，并且自此不再和他人交往，坚定要与爱德华一起，也无论爱德华八世如何歇斯底里地捍卫爱情，甚至他以绝食和拒绝出席公众活动为要挟，也没能动摇英国王室的心。

总有一种爱润物无声

更严重的是，在他作为国王的数月之中，他的婚姻问题引发了英国的宪政危机，他的政府、人民、教会均反对他迎娶沃利斯。到了最后，英国王室成员对爱德华说，要想成就和沃利斯的爱情，除非他爱德华不是英国国王。本以为，这个撒手锏出来，怕是爱德华会毫不犹豫地断绝和沃利斯来往。但谁也没想到，震惊世人的一幕出现了。

1936年，爱德华毅然辞去王位，潇洒地牵着沃利斯的手，挥一挥衣袖，头也不回地离开了英国，离开了他的宝座，成为第一个只爱美人不爱江山的君主。他说，即便没了荣华富贵，即便没了名利地位，哪怕以后处处凄风苦雨，为了爱，他也愿意和沃利斯一起，逐梦天涯。

我不是厨房女神

外婆9岁的时候就烧得一手好菜。那个年代里，外婆总是整天黏着她的母亲，厅堂跟随，厨房也紧跟。母亲被她缠得烦躁，索性就扔给她一句，让她以后跟着学做饭炒菜。本是无心话，未想外婆却当了真，且仿佛天生就是一把好勺子，短短时间就把饭菜做得有模有样，直让所有人见了她都啧啧称赞。

也许这就是命运的注定吧。年轻时，外婆看上了外公的儒雅博学，而外公看上了外婆的一双巧手。用外婆的话说，她是用她的生花妙"勺"，俘获了外公的胃。

外公挣钱很有门路，所以外婆从没上过班，就是整天忙孩子，忙做饭，洗衣服。外婆的厨房，简直就是一个艺术的殿堂，一把香菜，都会择得水淋淋的惹人怜惜。一个滑溜溜的苹果，都会被削得圆润至极。即便是一把菜刀的摆放，一瓶油的放置，切菜板是斜挂还是直挂，都是很有讲究的。这样的厨房，即便是油烟未起，也足以想象到菜肴的活色生香了。

外婆25岁嫁给外公，88岁离开人世。这期间，她在她的厨房里，整整忙碌了63年。刚结婚的时候，外婆是想方设法地，用尽了心思做出丰富的花样，来博取外公和公公婆婆的欢心。

有了孩子之后，外婆更是忙碌起来，不仅注重花样，更注重起营养成分的补充，荤素搭配。特别是当第二个孩子、第三个孩子相继出生后，一家大大小小，众口难调，外婆花在厨房里的心思就更多了。

外婆一生没去看过一场戏、一场电影，没去赶过一场庙会，没进过一次城，亦没有过一次旅游。她的理由总有一个，就是忙！其实，忙什么呢？她总是忙在她的方寸厨房里。

前年，外公笑称外婆是他的女神，特别是厨房里的女神。外婆听了，瘦削的面庞上，居然还飞过一抹红晕，仿似少女时代，一如当年般娇羞。

外婆嫁给外公63年，也被整整夸了63年。外公夸她秀外慧中，知书达理。外公的家人夸她勤俭持家，谨守妇道，终年双脚在家，从来不出门户。外婆的儿女，也都夸赞她善良仁爱。

直到去年，外婆去世之前，她嚅动着嘴唇，说了她在人世间的最后一句话：其实，我不是厨房女神，我也不想做厨房女神！外婆说完，外公犹如被闪电击中一般，呆立久久，未能言语，只是像一根木头一样伫立在那里。

外公说，他那个时候才明白，外婆毕竟是女人，少女的心、女人的心，永远都驻足在她心头。只是，生活的油盐酱醋茶，还有那份对家庭浓郁的责任感，早已将她对美好事物的向往之心、好奇之心磨灭得干干净净。

活在心底的悲悯

朋友邀我小聚，且说饭店的饭菜早已吃腻，远不及在家里亲手做出的饭菜有情调、有味道。我亦认同她的说法，于是便一同奔赴小区附近的菜场。

朋友知道我爱吃鸡肉，进了菜场便拉着我奔向活鸡宰杀的摊点。卖鸡的大娘很热情地告诉我们，她卖的鸡都是她自己养的，绝非圈养，而是在屋后专门辟出一块地儿来散养。这样的鸡下的蛋，绝对好吃！

朋友们拉着我瞧向鸡笼子，里面待着很多只不知何时会被宰杀的鸡，睁着无辜的眼睛瞧向我们。朋友说，就两个人吃饭，个儿大的鸡肯定吃不完，就买只小点的鸡吧。看我点头，朋友便指着畏缩在笼子最拐角处的一只小鸡，向大娘喊道："哎！就要那只最小的，肉紧致，肯定更好吃！"大娘附和一声，正准备把鸡捉过来，朋友却好像想起了什么，又对她说不要了。最后，在大娘不满的眼神中，我们离开了她的摊点，转到了别家卖鸡的地方。

这次，朋友直接对摊主说，给我宰杀一只鸡，随便宰杀一只就行！

出了菜场，我问朋友为何将一开始挑好的鸡舍弃，而到另一家摊点买了任由老板随意挑选的鸡。朋友反问我："你说，我要是挑了那只最小的鸡，它是不是很快就会死？"

我点点头："当然了，除非你不吃它。"

朋友突然黯然起来告诉我，她刚要买那只鸡时，心里突然浮起了重重的负罪感。因为她想到，如果不去挑选，也许死的就是别的鸡。无论死的是哪只鸡，都是符合自然规律的。但是，她嘴里多了一句"挑那只最小的"，却无疑是给这只鸡宣判了死刑。也许，它们最终的命运都是入了人的腹中，但是如果没有她的挑选，最起码那只最小的鸡会活得久一点，也

第五辑 你是我的命

许几个小时，甚至会好几天。所以，想到这里的时候，朋友的心突然阵阵悸动，便离开了摊点。

我没有问朋友既然如此想，那又为何去别的摊点买鸡。因为我知道，她去别的摊点任由摊主卖给她鸡，她的内心自然就没有了挑选而带来的给鸡"判刑"的负罪感。

大自然里，食物链既然存在，本就注定了每一个生命的生死存亡是正常的自然规律。亡，是为生者更好地生；生，要想更好地生活下去，就必须让有些生命死亡。但是我们必须明白，所有的自然规律都不能成为冷漠的理由，人性上出于对生命的尊重和悲悯，应该长存于我们的心头。

浸润月光的灵魂

那年冬天，旧城改造，城区的公交车、出租车都不再经过我家门口。我因为腿疾复发，不能骑车上班，上下班就成为我面临的最大困难。

刚开始，是父亲来回接我上下班，但他年纪大了，我总不能老是让他为我栉风沐雨。正当我暗暗着急的时候，人力车大军的出现却给我带来了欣喜。

这世间总不缺乏对商机敏感的人，因为城区改造，十几年前才有的人力车居然又出现了。短短几日，家门口的路两侧，如雨后春笋般地冒出了几十辆人力车。在所有的人力车夫中，我最喜欢的就是老蔡。不为别的，就为他一路的体贴，譬如遇到坑洼处，就会减下速度，毫不颠簸。我常打趣说，坐他的车和轿车没啥区别。当然，更重要的是他不像别的车夫只顾闷头前行，而是边拉车，边和我谈笑风生。

总有一种爱润物无声

几天后，老蔡突然跟我说，他已经瞅准了我上下班的时间，以后会按照这个时间来接我。老蔡一脸真诚，且执意如此，信誓旦旦，说价格和以前一样。其实，我哪里是在乎钱。只是因为，我上班的时间比较早，早晨5点10分就要起床，5点半就要出发，天气又如此冷，要他这么早确实心里过不去。但是，最终没能拗得过他。

这一拉，老蔡拉了我整整两年。之后，所有的车夫很快消失了，但我和老蔡却结下不解之缘，成了一对忘年交。闲暇无事时，我会陪他下下棋，而他亦常常给我讲过去的故事，化作我的写作素材。

前几年，我准备全款买房，却还差三四万元钱，老蔡得知我的窘境后，晚上给我送来四叠人民币，朝我手里一塞，说："四万，拿去用！在我临死前还我就行。"

房子买了后，我请老蔡在家里小酌。酒过三巡，醉眼蒙眬的我对老蔡说，我和他一不沾亲，二不带故，若说有缘，也只是普通的朋友而已，却又为何毫不犹豫地借我四万块钱，且一不打借条，二不要分文利息。

老蔡猛喝一杯酒，大着舌头告诉我："以前，我拉了二十几年的人力车，加上后来那两年，近三十年。坐我车的人，几乎都是跷着二郎腿仰面朝天。而唯独你，两年了，我从没见你跷过二郎腿。"

"就这么简单？"

"是，"老蔡坚定地点点头，"就这么简单！"

老蔡说，他这人没啥文化，啥道理也不会讲。他就认准一点，一个二郎腿都不跷的人，绝对可交可信可尊重。

我明白老蔡话中的深意，我更从老蔡身上明白一点：其实关于尊重，无需惊天动地的壮举，无需声嘶力竭的呐喊。一沙一世界，一花一菩提，细微处便可折射出来。一个懂得在细节处尊重别人的人，就犹如浸润着月光的灵魂，与人洁净，给人温暖。而同时，这红尘中还有很多诸如老蔡这样能体察到这种细微的人，他们的灵魂，也时时都被皎洁的月光浸润着。

后记
你是我的命

后记

  从人生的梦想上来说，我也想做一些轰轰烈烈的大事，以便青史留名，抑或活在很多人的心中。但是现实让我更清醒地看到，这个世间伟人有伟人的伟大，小人物有小人物的光辉，皓月之光和萤火之辉同样都值得尊敬。因为，他们都是不断地发光。文字亦是如此——或许是水平鄙陋吧，我写不出什么惊世骇俗的大事件，所以我很热衷去关注一些小人物：无论是社会走卒、市场商贩，还是普通得不能再普通、卑微得不能再卑微的人，我觉得这些所谓的小人物的身上，都隐藏着一个丰硕的"大"字。

  一座山岳，有山岳的巍峨；一块细石，一定也有它的光泽和惊艳。譬如，一朵花曾在它的缝隙间绽放过，一只蝴蝶曾在它的额头上翩跹过，甚至是一滴雨、一片云曾在它的上方驻足过。社会上的小人物更是如此，他们没有光鲜亮丽的着装，没有体面上档次的工作，没有丰厚的薪酬，但在他们的内心深处，总有善良和温润在熠熠生辉。我见不了"著名人物"传记式的介绍，我更喜闻乐见小人物背后的东西。

  犹记得2009年的冬天某日，我在吃早饭的时候，看到餐厅一个服务员在收拾桌子的时候和别人很是不一样。别人收拾桌子时，就只将桌子上的残余收拾进垃圾桶里，然后用抹布把桌子擦拭几遍即可。我看到的这个服务员，拿着抹布，拎着垃圾桶走向餐桌的时候，却迟迟不肯收拾桌子，反而渐渐远离桌子。直到二十多分钟之后，她才去收拾桌子。而这时一旁的我，慢慢地，内心里也被她给濡湿了。因为我看到，她起初要收拾桌子时，是看到门外一个拾荒者正在眼巴巴地看着桌子上的食物，所以她决定先不收拾桌子，好让那个拾荒者能把这些残余食物给捡走。就在那一刻，也只需要那一刻，因为一个小小的餐厅服务员，让整个冬天都显得那么温暖。从那时起，我就格外关注起小人物。他们的命运、他们的行事、他们的言行，我都格外地留心。因为我一直觉得，最伟大的就是最朴实的，最朴实的就是最伟大的。

  文字可以做什么？这个是我从写字之初就思考过的问题。我绝不认为文字仅仅就是白纸黑字那般简单，绝不仅仅是只供人们视觉上的阅读。它更可以做到的是，走入人的内心，走进人的灵魂，融入人的血脉。文字，绝不是冷冰冰的，而是有热度的阳光，温暖你我他，温暖每一个需要被温暖的人。

  这种温暖的感觉，我确信是美好至极的。就如我此刻在写这篇后记的时候，是在阴了三四天之后陡然来临的一个晴朗温润的上午。外面暖暖的阳光透过窗户，金灿灿暖洋洋地洒在我的办公桌上，洒在我的笔记本电脑的键盘上，洒在我不断敲击的手指上……

  不管雨雪侵袭，还是风霜骤来，总有云淡风轻之时，总有阳光照进来之时。诚如本书，不管世间现在还是未来再怎么繁华喧闹，再怎么浮躁急进，总有一些爱，会"润物细无声"地温暖你、我、他。

葛闪
2014年12月11日